Die Taunus-Ermittler Band 12 –

Angst um Chiara

Weitere Infos zu den Autoren
und ihren Romanen auf unserer Homepage:
www.Gabriele-und-Jürgen-Jost.de
www.Danica-Brückner.de
www. Die-Taunus-Ermittler.de

Gabriele und Jürgen Jost

Die Taunus-Ermittler 12 –
Angst um Chiara

Kriminalroman

Bibliografische Information der Deutschen Nationalbibliothek:
Die Deutsche Nationalbibliothek verzeichnet diese Publikation in der
Deutschen Nationalbibliografie;
detaillierte bibliografische Daten sind im Internet über
http://dnb.d-nb.de abrufbar.

© 2022 Gabriele und Jürgen Jost
Satz, Umschlaggestaltung, Herstellung und Verlag:
BoD – Books on Demand
ISBN: 978-3-7557-2096-6

1.

Claus Mergentheimer saß allein im neuen Büro der Taunus-Ermittler, denn seine Kollegen Peter Stettner und
Stefan Weimershaus waren gerade bei einem lukrativen
Einsatz, der wieder einiges an Geld in ihre Kasse spülen
würde. Ihn hatten sie dieses Mal zum Telefondienst ver-
donnert. Außerdem war er diesen Monat dran, die leidige
Buchführung zu erledigen.

Claus hatte sich sehr schnell an die Unsitte seiner neuen
Kollegen angepasst, diese Arbeit möglichst weit von sich zu
schieben, und so stapelte sich ein ganzer Berg Rechnungen, die
sortiert werden mussten, irgendwo am Rande seines Schreib-
tischs. Stattdessen standen eine Tasse dampfenden Kaffees und
ein Teller mit drei Schokocroissants vor ihm. Da auch das Telefon an diesem späten Vormittag überraschend ruhig blieb,
hatte er das erste Mal seit Längerem Zeit, das vergangene Jahr
vor seinem geistigen Auge Revue passieren zu lassen.

Er sah aus dem Fenster und den tanzenden Schneeflocken
zu, die schon seit dem frühen Morgen die grauen Kelkheimer Straßen in eine blütenweiße Landschaft verwandelten.

Jetzt war es schon fast fünfzehn Monate her, dass er bei
der Polizei aus- und bei seinen Freunden eingestiegen
war[1], und seine Frau hatte recht behalten. Steffi hatte ihm

---

1 Vgl. Die Taunus-Ermittler, Band 10 – Blutiger Oktober

prophezeit, dass seine Freizeit hier ganz gewiss nicht zunehmen würde. Und in der Tat, Wochenarbeitszeiten von sechzig Stunden und mehr waren keine Seltenheit. Aber ein bisschen Genugtuung verschaffte es ihm, dass er in einem anderen Punkt recht behalten hatte. Denn Steffi hatte befürchtet, mehr arbeiten zu müssen, um den finanziellen Verlust auszugleichen. Aber sein Einkommen war gegenüber der Besoldung als Hauptkommissar sogar noch um einige hundert Euro im Monat gestiegen. So war es auch kein Wunder, dass das Büro in der Frankfurter Straße für fünf Ermittler zu klein geworden war und sie sich nach anderen Räumlichkeiten umsehen mussten.

Da war es gerade recht gekommen, dass an Peters altem Haus in der Hauptstraße größere Reparaturen fällig wurden und nur wenige Häuser weiter in Richtung Bahnstraße ein mehr als geräumiges Zweifamilienhaus gebaut worden war.

Kurzerhand hatten sie alles an Geld zusammengekratzt, was sie auftreiben konnten, und so war neben einer schönen Vierzimmerwohnung für Peter und seine Frau Annika im ersten Stock auch noch ein mehr als geräumiges Büro im Erdgeschoss mit angefallen, das die Detektiv-Agentur als Geschäftseigentum erworben hatte. Sven, Annikas Sohn und Peters Stiefsohn, der im Herbst immerhin schon siebzehn Jahre alt geworden war, hatte unterm Dach ein wunderschönes Apartment eingerichtet bekommen, und selbst für eine Außentreppe hinauf in die Räumlichkeiten des jungen Mannes, ganz so, wie er es sich gewünscht hatte, war noch genügend Geld da gewesen.

Claus riss sich fast schon gewaltsam aus seinen Betrachtungen und war froh, es dieses Mal noch rechtzeitig geschafft zu haben. Denn nur so konnte er verhindern, dass ihn, wie oft in den letzten Monaten, wieder diese Beklemmung befiel. Er hatte sie oftmals bis zur Schmerzgrenze verspürt, wenn er daran dachte, dass er im vorletzten Herbst seinen Freund und Kollegen Simon Tannenbaum hätte verhaften müssen, der den Vergewaltiger und Mörder seiner Frau im Polizeigebäude erschossen hatte. Er hatte es nicht gekonnt und stattdessen den Dienst quittiert, der ihm in den letzten Jahren ohnehin immer mehr zur Belastung geworden war, seit Kriminalrat Schuchheim ihn unbedingt zu seinem Nachfolger machen wollte.

Bei seinem früheren Chef blieben seine Gedanken dann doch etwas länger hängen. »Ach ja«, murmelte er und fragte sich, ob Schuchheim, seit er endlich in Pension gehen konnte, wohl umgänglicher geworden war. Zu gerne würde Claus das mal dessen Frau fragen. Aber vielleicht stand der Mann ja selbst unter Druck, und die hanebüchene Idee, Claus zu seinem Nachfolger machen zu wollen, war ihm von ganz oben aufs Auge gedrückt worden. Das *würde diese*n Sesselfu… »So, jetzt reicht's aber!«, sagte er laut. Um seine Gedanken dann endlich in andere Bahnen zu zwängen, murmelte er in den Raum hinein: »Wie lange haben wir schon nichts mehr alle zusammen unternommen.«

In Kürze begann die Zeit der Karnevalssitzungen. Er würde Steffi fragen, ob sie nicht irgendwo Karten für sie alle auftreiben könnte. Endlich ein erfreulicher Gedanke!

Etwa um die gleiche Zeit saß ungefähr tausend Kilometer weiter südlich noch ein anderer Mann nachdenklich in seinem Büro. In dem kleinen Städtchen vor den Toren von Florenz war die Hölle los, der Wahlkampf um das Bürgermeisteramt lief auf vollen Touren. Luigi Partolucci war der aussichtsreichste Kandidat für diesen Posten, der sich in der

Vergangenheit schon oft als Sprungbrett für weit höhere Staatsämter erwiesen hatte.

Kein Wunder, denn Partolucci genoss in seiner Heimatgemeinde einen ausgezeichneten Ruf. Schon als langjähriger Abgeordneter des Stadtrates hatte er sich als unbestechlich und fair erwiesen. Was man von manchem seiner Mitbewerber nicht gerade behaupten konnte. Am ehesten vielleicht noch von Francesco Tozzi, einem ziemlich grün angehauchten jungen Heißsporn, der es sich zu einer seiner vordringlichen Aufgaben gemacht hatte, einem weiteren Mitbewerber die Mitgliedschaft in einem mafiosen Familienclan nachzuweisen.

Luigi stand auf und sah aus dem Fenster seines Büros auf den Marktplatz hinunter. Wie groß Francescos Chancen auf den Bürgermeistersitz wohl sein mochten?

»Deine Ideen sind gut, aber du musst vorsichtig sein und dich nicht offen mit jedem anlegen, das kann in dieser Stadt sehr gefährlich werden. In der Ruhe liegt die Kraft«, sagte er leise vor sich hin, als plötzlich ein Notarztwagen über den Marktplatz schoss und am anderen Ende in einer kleinen Altstadtgasse verschwand. Wenige Sekunden später verstummte das Signal des Martinshorns. *Jetzt hat er angehalten*, dachte Luigi.

Nur wenige Minuten später läutete das Telefon auf seinem Schreibtisch, seine Sekretärin stellte ein Telefonat zu ihm durch.

Luigi Partolucci rechnete mit einem der Bürger der Stadt, für die er immer ein offenes Ohr hatte, und war überrascht, als ihm die aufgeregte Stimme seines Parteifreundes Andrea entgegenschallte.

»Andrea, altes Haus, was gibt's, ist was passiert?«, begrüßte er den älteren Kollegen, den er erst vor drei Tagen beim Stammtisch getroffen hatte.

»Das kann man so sagen. Mein Sohn hat mich gerade

8

vom Rettungsdienst angerufen und mir Ungeheuerliches berichtet. Sie sind von einem anonymen Anrufer in eine kleine Straße unweit des Bahnhofs gerufen worden, der sagte, da läge ein hilfloser Betrunkener auf dem Asphalt. Es sei vermutlich der Bürgermeisterkandidat Francesco Tozzi. Du weißt ja, dass mein Sohn mit ihm befreundet ist.«

»Auch Lokalpolitiker sind nur Menschen, die sich mal daneben be…«, begann Luigi, doch dann hielt er inne: »Nein, du rufst mich nicht wegen eines besoffenen Mitbewerbers an.«

»Schön wär's ja. Als mein Sohn dort ankam und seinen Freund, der auf dem Bauch lag, umdrehte …« Hier stockte der Fünfundsechzigjährige kurz, und als er weitersprach, hatte sich sein Tonfall verändert. »Als er seinen Freund umdrehte, sah er gleich, dass jede Hilfe zu spät kam. Francesco hatte ein Einschussloch mitten auf der Stirn. Das … das war eine Hinrichtung. Du weißt, was das bedeuten könnte.«

Luigi war so schockiert, dass es ihm erst einmal die Sprache verschlug, und als er einige Sekunden später wieder Worte fand, sagte er: »Ich fürchte, es kann nicht nur, es wird wohl so sein, dass die Santinis dahinterstecken.«

»Eben. Du weißt, wie scharf die auf das Amt sind. Pass verdammt noch mal auf dich auf. Ich will nicht, dass dir auch noch was passiert.«

»An mich werden sie sich nicht rantrauen. Da hätten sie die halbe Stadt gegen sich. Ich will zwar auch, dass diese Bande aus dem Verkehr gezogen wird, aber ich werde mich hüten, das so konfrontativ zu machen wie Francesco. Er hatte letzte Woche auf dem Stadtfest dem Alten an den Kopf geworfen, er sei fast genauso schlimm wie die schlimmsten Bosse von Camorra und 'Ndrangheta.«

»Ich hoffe, du hast recht, Luigi.«

In Hofheim, nur wenige Häuser von Claus Mergentheimers Haus entfernt, saß die dreißigjährige Lucia Partolucci mit ihrem Nähkorb auf dem Sofa und seufzte gottergeben. Sie war gerade dabei, die Hose ihrer ältesten Tochter zu stopfen, die schon wieder eine ganze Reihe von Löchern aufwies. So intelligent Chiara war, so wild war sie auch. Kein Baum war vor der Zehnjährigen sicher.

Da kam sie auch schon zur Tür hereingestürmt und überschüttete ihre Mutter mit Fragen. Sie sprach fast schon fließend Italienisch, obwohl sie die Sprache nur von den Urlauben in der Heimat ihrer Eltern kannte. Chiara selbst war in Deutschland geboren und wuchs hier auf.

Nachdem Lucia ihr versichert hatte, dass sie die Hose schon bald wieder anziehen könne, war das Mädchen zufrieden und verschwand in sein Zimmer. Kaum hatte sich Lucia wieder in ihre Arbeit vertieft, läutete es an der Haustür, und ihr Mann begehrte mit einer großen, schweren Kiste beladen Einlass.

»Hallo, Schatz, was hast du denn alles eingekauft?«, begann Lucia auf Italienisch und wechselte dann ins Deutsche, wie sie es oft tat. »Wie war dein Tag?«

»Danke, gut«, antwortete Paolo auf Deutsch, denn die beiden hatten sich vorgenommen, möglichst oft diese Sprache zu sprechen, um ihren Kindern einen reibungslosen Start ins Leben zu ermöglichen. Lucia lebte auch selbst schon seit ihrer Kindheit in Deutschland und sprach inzwischen besser Deutsch als Italienisch. Aber auch der um einige Jahre ältere Paolo, den sie vor dreizehn Jahren in einer Pizzeria in Frankfurt kennengelernt hatte, wo er sich das Geld für sein BWL-Studium verdiente, sprach schon damals sehr gut Deutsch. Sie waren sehr schnell ein Paar geworden, und als Chiara unterwegs war, hatten sie beschlossen, es ihren Kindern zu überlassen, ob sie nur mit der deutschen Sprache oder zweisprachig aufwachsen wollten. Chiara hatte schon als Kleinkind die ersten italienischen Worte nachgeplappert, und auch ihre jüngere Schwester, die siebenjährige Lara, begann sich schon bald für die Sprache ihrer Eltern zu interessieren.

Das Ehepaar hatte im Wohnzimmer Platz genommen und den Fernseher eingeschaltet, denn in Kürze würde das Europa-League-Spiel AC Florenz gegen Borussia Mönchengladbach angepfiffen. Die ACF war ihr Heimatverein, sie beide stammten aus dem Großraum Florenz. Paolo ging denn auch ganz in dem Spiel auf und raufte sich bei jedem Fehlpass seiner Mannschaft die Haare. So bekam er nicht einmal mit, wie das Telefon zu läuten begann. Lucia nahm das Gespräch entgegen, es war ihre Schwägerin Gina. Sie ging in die Küche, um ungestört reden zu können.

»Hallo, Gina, wie geht es dir denn?«

»Mir geht es gut, aber mein Mann verzieht gerade das Gesicht.«

»Ihr schaut auch Fußball?«

»Ja, aber Luigi ist irgendwie nicht so recht bei der Sache. Er macht schon den ganzen Nachmittag einen angespannten Eindruck. Die bevorstehende Wahl macht ihn ganz fertig.«

»Vielleicht muss er nur mal wieder mit seinem Bruder reden.«

»Gute Idee. Im Moment ist Halbzeit.«

»Und noch unentschieden, oder? Ich bin gerade in der Küche.«

»Gladbach hat kurz vor der Pause noch das 1 : 0 gemacht. Deshalb hat Luigi ja das Gesicht verzogen.«

»Okay, ach, gerade kommt Paolo herein. Ich gebe das Telefon schnell weiter.«

Lucia übergab ihrem Mann den Hörer, der seinen Bruder mit »Hallo, Luigi« begrüßte, dann ging sie in den Keller, um eine neue Flasche Wein zu holen.

Noch keine vier Wochen im Dienst und schon zu spät, dachte Kriminalhauptmeisterin Rebecca Werner grimmig, als sie aus ihrem Wagen stieg. *Ich führe mich hier ja gleich richtig ein.* Sie war ein Neuzugang am Hofheimer Polizeirevier und hatte zusammen mit dem neuen Chef am zweiten Januar angefangen.

Sie sprintete über den Hof und wollte schnell am Portier vorbei die Treppe hinauf in den ersten Stock, wo die Kripo ihre Räumlichkeiten hatte, aber der scharfe Zuruf des äußerst gewissenhaften Mannes hielt sie auf.

Als er ihren Ausweis kontrolliert hatte, sagte er: »Tut mir leid, aber Ihr Gesicht ist mir noch nicht vertraut. Da muss ich …«

Den Rest des Satzes schenkte er sich, denn Rebecca war schon weitergeeilt.

Nur wenige Augenblicke später ließ sie sich an ihrem Schreibtisch nieder, der dem von Jasmin Werbach gegenüberstand.

Die beiden in etwa gleichaltrigen Frauen verstanden sich gut, vielleicht würde sich zwischen ihnen eine Freundschaft entwickeln.

»Na, du siehst aus, als hättest du gestern bei Schuchheims Verabschiedung mitgefeiert«, sagte die frischgebackene Kommissarin grinsend, aber noch bevor Rebecca etwas antworten konnte, streckte ihr neuer Chef, Christian Tauber, den Kopf zur Tür herein: »Wo ist denn Herr Stuhlbein? Ich müsste ihn dringend sprechen.«

»Ich glaube, in der Teeküche«, sagte Jasmin, und Rebecca ergänzte: »Ich wollte auch gerade dorthin, ich sage ihm, dass er zu Ihnen kommen soll.«

»Ja, danke, das wäre nett.«

Mal sehen, wie ich auf Dauer mit ihm so zurechtkomme, dachte der neue leitende Hauptkommissar der Kriminalpolizei Hofheim, als er nur wenige Augenblicke vor der Bürotür ihres neuen Kriminalrats stand. *Der erste Eindruck war ja nicht der schlechteste.* Dann klopfte er an.

Als er vor dem Schreibtisch des Einundfünfzigjährigen Platz genommen hatte, sagte dieser: »Endlich haben wir mal Gelegenheit, etwas ausführlicher miteinander zu reden. Vier Wochen Hektik und Personalmangel! Aber jetzt sind alle Weihnachtsurlauber und Krankgeschriebenen wieder da, deshalb möchte ich mit Ihnen einige Grundsätze klären.«

»Äh, ja ...«, sagte Jörg Stuhlbein vorsichtig und wartete erst einmal ab, was da noch kam.

»Ich habe mich ausführlich mit Herrn Schuchheim unterhalten, und er hat mir die Dinge, die sich in der letzten Zeit hier ereignet haben, gut erklärt.«

»So, was wäre das denn?«

»Na ja, wie es zum Ausstieg Ihres Vorgängers kam, dass Sie schon lange mit ihm befreundet sind, dass Herr Mergentheimer nach seinem Weggang bei einer Detektiv-Agentur eingestiegen ist und dass Sie alle schon seit Jahren mit dieser Detektei zusammenarbeiten.«

»Nun, ganz so ist es nicht ...«, sagte Jörg Stuhlbein vorsichtig, aber der Kriminalrat sagte grinsend: »Herr Schuchheim hat mir auch erklärt, dass er, wo immer es ging, die Zusammenarbeit unterbunden hat. Aber seien Sie unbesorgt, ich werde Ihnen diesbezüglich keine Knüppel zwischen die Beine werfen. Vorausgesetzt, Sie beachten ein paar Regeln.«

Hauptkommissar Stuhlbein wurde sofort hellhörig und misstrauisch, denn das klang erst einmal zu gut.

»Selbstverständlich sollten wir uns die Erkenntnisse der Detektive zunutze machen, denn dass das wirklich gute Leute sind, haben sie oft genug bewiesen. Und schließlich ist es unbestritten so, dass sie ganz andere Möglichkeiten haben als wir.« Er zwinkerte seinem Gegenüber kurz zu.

Jörg Stuhlbein nickte zögerlich und fragte sich, worauf sein neuer Chef hinauswollte.

»Das heißt aber nicht, dass wir unsererseits die Detektive mit polizeilichen Erkenntnissen füttern, sie die Lorbeeren einheimsen und wir wie die Trottel dastehen. Das sollte, wann immer es geht, eine Einbahnstraße bleiben. Das heißt im Klartext: Offener Umgang mit ihnen: ja, ihre Erkenntnisse nutzen: wann immer es geht, Informationen rausrücken: nur im äußersten Notfall. Das war's, was ich Ihnen erst einmal mit auf den Weg geben wollte. – Ach ja, noch eines. Ich feiere demnächst gebührend meinen Einstand. Überlegen Sie sich etwas, wie wir möglichst viele Kollegen unter einen Hut bringen, ohne dass hier gleich alles zusammenbricht.«

In der Sporthalle war an diesem Nachmittag die mittlere Formation der Mädchentanzgarde Hofheim, kurz MTG genannt, beim Training. Das war die Abteilung der Acht- bis Elfjährigen.

Ingrid Kramer, die engagierte Trainerin, die neben den mittleren auch die Küken, also die Fünf- bis Achtjährigen, unterwies, klatschte in die Hände und bat um Ruhe, da die Mädchen an diesem Nachmittag besonders aufgekratzt schienen.

»Sind alle anwesend?«, fragte sie, und ein vielstimmiges »Jaaaa!« schallte ihr entgegen.

»Dann lasst uns anfangen. In neunzig Minuten sind die Handballer dran, dann müssen wir räumen. Also los, damit bei unserem großen Auftritt alles sitzt.«

Das ließen die Mädchen sich nicht zweimal sagen. Sie waren mit Feuereifer bei der Sache, sodass die Zeit wie im Flug verging. Als zehn Minuten vor Trainingsende Kristin Dietrich die Halle betrat und um Aufmerksamkeit bat, hörte man so manches Mädchen murmeln: »Wie, ist die Zeit schon wieder um?«

Kristin, die nicht nur Assistenztrainerin war, sondern sich auch um die Kostüme der Tanzgarden kümmerte, sagte: »Wollt ihr denn nicht eure neuen Kostüme sehen? Sie sind endlich geliefert worden. Ich hab schon befürchtet, das wird nichts mehr. Ich verteile sie an euch, ihr probiert sie an, und ich kontrolliere, ob irgendwo noch was geändert werden muss.«

Eine knappe halbe Stunde später, in der Halle war inzwischen das Handballtraining wild im Gange, beeilten sich die Kinder, nach draußen zu kommen. Die meisten von ihnen wurden dort von ihren Eltern erwartet, die sie abholten.

Die neunjährige Michelle lief ihrer älteren Schwester Melanie direkt in die Arme, als sie das Gebäude verließ.

»Holst du mich heute ab?«, fragte sie, und Melanie antwortete grinsend: »Ja, heute musst du mit meinem Gepäckträger vorliebnehmen.«

»Du hast doch ein Rad ab«, meinte die Jüngere prompt,

»auf deine dummen Scherze fall ich nicht mehr rein. Ich bin doch kein Baby mehr.«

»Leider«, rutschte es Melanie heraus, aber Michelle registrierte es gar nicht, denn in dem Moment sah sie den uralten und schon reichlich klapprigen Kleinwagen ihrer Mutter auf den Parkplatz einbiegen und neben ihnen anhalten.

Schon während sie auf den Rücksitz kletterte, begann Michelle aufgeregt los zu plappern und von den neuen Kostümen und dem bevorstehenden großen Auftritt zu erzählen. Melanie ließ sich auf den Beifahrersitz fallen und sagte: »Nicht schon wieder. Mutti, fahr los, damit wir endlich heimkommen. Das kann ja keiner mehr mit anhören.«

Erika Kübler grinste, startete ihren Wagen, wendete und verließ den Parkplatz. Das konnte heute Abend noch heiter werden, denn Michelle würde ganz bestimmt keine Ruhe geben, bis sie es auch ihrem Vater drei- oder viermal erzählt hatte.

Erika Kübler und ihre Töchter waren so sehr mit sich selbst beschäftigt, dass sie den Mann, der unvermittelt aus dem Gebüsch auf die Fahrbahn trat, erst im letzten Moment bemerkten. Frau Kübler trat das Bremspedal voll durch und brachte den Wagen gerade noch rechtzeitig schlingernd zum Stehen. Sie wollte eigentlich das Fenster herunterkurbeln und den Mann rügen, aber Michelle begann nach dem kurzen Schreck gleich von Neuem zu erzählen, und so akzeptierte sie die Entschuldigung des Mannes wortlos und fuhr davon. Wenig später hatte sie ihn, den sie für einen Angetrunkenen hielt, der sich zum Urinieren in die Büsche geschlagen hatte, auch schon vergessen.

Im fernen Italien war Luigi Partolucci gerade von einem Außentermin zurückgekommen und hatte nun den Telefonhörer seines antiquiert aussehenden Apparates in die Hand genommen. Er wählte zum wiederholten Mal die lange Nummer, die er auswendig kannte. Als auf der Gegenseite wieder nicht abgehoben wurde, warf er den Hörer entnervt auf die Gabel zurück und erteilte dem Telefon, das zwar alt aussah, aber modern war, per Knopfdruck den Auftrag, bei seinem Bruder in Deutschland in Intervallen selbsttätig weiter anzurufen.

»Wenn man von denen schon mal jemand sprechen will …«, murmelte er verärgert vor sich hin, ließ sich in seinen Chefsessel fallen und lehnte sich erschöpft zurück.

Als hätte sie geahnt, was er jetzt brauchte, betrat seine Sekretärin in dem Augenblick sein Büro und stellte ein Tablett vor ihm ab. Darauf befanden sich eine kleine Kanne mit Kaffee, eine Tasse und reichlich Würfelzucker.

»Danke, Laura, Sie verwöhnen mich«, sagte er zu der hübschen brünetten Endzwanzigerin, die neben einer aparten Erscheinung auch einen klugen Kopf mitbrachte und so schon seit einigen Jahren die ideale Besetzung für sein Vorzimmer war.

Die Sekretärin bedankte sich und drehte sich beim Verlassen des Raums noch einmal um: »Ach ja, bevor ich es vergesse. Herr Bernetti hat schon zum wiederholten Mal hier angerufen und bittet um Rückruf.«

»Hat er gesagt, was er will?«

»Nein.«

»Okay, danke.«

Wieder allein im Raum, lehnte der Dreiundvierzigjährige sich zurück, legte die Füße hoch und brummte unwirsch: »Was will diese Type ständig von mir, der geht mir auf die Nerven.«

In Kelkheim war gerade ein lang ersehntes Päckchen mit der Post angekommen, und Peter Stettner packte es aus. Er begutachtete wohlwollend das neue Messingschild, das neben der Tür zu ihrem neuen Büro in der Hauptstraße seinen Platz finden sollte.

»Was lange währt, wird endlich gut«, sagte er und nahm das Schild, auf dem in geschwungenen Lettern

Detektivbüro SWM
Detektive Stettner, Weimershaus, Mergentheimer

stand, um es am Eingang anzudübeln. Schmunzelnd dachte er daran, dass das schon das zweite Schild war, das er bestellt hatte. Auf dem ersten waren zusätzlich noch die Vornamen Peter, Stefan und Claus vermerkt gewesen. Da hatte Annika aber losgewettert. Völlig zu Recht, wie er im Nachhinein fand. »Wo bleiben denn Verena und ich? Wenn es bei euch brennt, sollen wir die Kastanien aus dem Feuer holen, aber wir sind euch noch nicht einmal eine Erwähnung wert«, hatte sie gesagt.

Da fünf Vornamen aber den Rahmen gesprengt hätten, hatten sie es bei der gekürzten Form belassen.

Als Peter sein Werk beendet hatte, rief er seine Kollegen, die an diesem Morgen aus Mangel an neuen Aufträgen ihren Monatsabschluss machten, nach draußen und fragte: »Na, was haltet ihr davon?«

»Nobel geht die Welt zu Grunde«, sagte Stefan grinsend, und Annika meinte: »Na ja, wenigstens war die Gravur nicht ganz so teuer.«

Noch bevor Claus einen Kommentar abgeben konnte, läutete im Büro das Telefon, und Stefans Frau Verena, die noch in der Tür stand, ging an den Apparat.

Als sie wieder zurückkam, fragte Peter, dem die Büroarbeit schon langsam auf die Nerven ging, hoffnungsvoll: »Ein neuer Auftrag?«

»Nein, das war Stefanie.«

»Meine Frau?«, fragte Claus ungläubig. »Die ruft doch nie hier an.«

»Na, heute wohl schon. Sie meint, wir würden über unserer Arbeit das Privatleben vergessen. – Und wenn ihr mich fragt, sie hat recht. Deshalb hat sie auch für uns alle Karten für die nächste Karnevalssitzung besorgt.«

»Muss das sein?«, fragte Stefan, der sich nicht allzu viel aus solchen Veranstaltungen machte.

»Ja, ich bin da ganz bei Steffi. Wir unternehmen in letzter Zeit viel zu wenig zusammen. Da gehen wir hin.«

2.

Am nächsten Morgen war es in Luigi Partoluccis Büro so still, dass man eine Stecknadel zu Boden hätte fallen hören können. Dem erfahrenen Kommunalpolitiker fehlten schlichtweg die Worte, das zu kommentieren, was er soeben vernommen hatte. Dafür hatte sein Gegenüber eine Viertelstunde lang ohne Unterlass auf ihn eingeredet.

»Aber … aber, das geht doch nicht!«, brachte er nach langem ungläubigem Schweigen doch noch hervor, aber der andere sagte ganz ruhig: »Doch.«

»Bernetti, das kann nicht Ihr Ernst sein.«

»Und wie es das ist. Wenn Sie nicht ganz genau das tun, was mein Boss will, werden Dinge geschehen, die weder Sie noch ich wollen. Aber dann ist es zu spät. Noch haben Sie die Chance, dass nichts passiert.«

»Nein, das werde ich nicht tun.«

»Wie Sie wollen. Sagen Sie hinterher aber nicht, ich hätte Sie nicht gewarnt.«

»Aber …«

»Nichts aber, du parierst, oder …«, schob der untersetzte, fast schon massige Bernetti einen unvollendeten Satz nach, der auf Luigi Partolucci sehr viel beängstigender wirkte als eine offene Drohung.

»Ach, wie schön, du bist auch mal wieder hier«, flachste Holger Jahn, der Zwei-Meter-Hüne und Torwart des Handballvereins.

»Logo«, gab Marcello zurück, »ich bin schon ganz heiß darauf, endlich mal wieder in einem Spiel eingesetzt zu werden.«

»Die Hoffnung stirbt zuletzt«, sagte Benno Lewinski, der neben ihm auf der Bank saß und gerade in sein Trikot schlüpfte, grimmig.

Ihm ging es schon seit einigen Wochen tierisch auf den Wecker, dass sein Mannschaftskollege kam und ging, wie es ihm gerade passte. Deshalb schob er gehässig nach: »Weißt du, ich glaube, dass du weniger an unserem Spiel interessiert bist als vielmehr an den Tanzmäusen, die vor uns trainieren. Die kleinen Mädchen machen dich wohl ...«

Weiter kam er nicht, denn Marcello war bereits aufgesprungen, hatte ihn gepackt und konnte sich gerade noch beherrschen, ihm die Schnauze zu polieren. Dann ließ er ihn wieder los, und Benno flüchtete in Richtung Sporthalle, wo in Kürze das Spiel angepfiffen würde.

Über ihrem kleinen Disput war es leer in der Umkleide geworden, Marcello saß nach dieser ungeheuerlichen Unterstellung fassungslos da und war immer noch nicht umgezogen.

Als er es endlich in die Halle geschafft hatte, wurde er vom Trainer mit den Worten begrüßt: »Schön, dass du auch mal wieder da bist. Du hast Glück gehabt. Wer beim Anpfiff nicht da ist, kommt auch nicht auf die Bank. Aber das brauche ich dir als erfahrenem Handballer ja nicht zu erklären, stimmt's?«

Als Marcello später am Abend in die Wohnung seiner Schwester Ivanna zurückkam, pfiff er fröhlich vor sich hin, denn das Spiel war gut für ihn gelaufen. Ihm war klar, dass er seinen Mannschaftskameraden im Moment sonst eine Menge zumutete. Aber es gab Dinge, die wichtiger waren als Handball. Dennoch hätte er nicht darauf verzichten mögen. Da hatte es richtig gut gepasst, dass er, kaum dass er eingewechselt worden war, die Vorlagen für zwei wichtige Tore geben konnte und das letzte, entscheidende Tor selbst erzielte. So hatte er ihnen im Abstiegskampf wichtige Punkte gesichert und seine Position im Verein wieder etwas verbessert.

Als Ivanna ihm mit einem Wasserglas in der Hand entgegenkam, sagte er scherzhaft: »Na denn prost.«

Seine um zwei Jahre ältere Schwester sah ihn erstaunt an. So gut gelaunt hatte sie ihn bestimmt schon vier Wochen lang nicht mehr gesehen. »Ist irgendwas Schönes geschehen?«

»Ich hab Kohldampf, und das nicht zu knapp«, sagte Marcello und fügte dann hinzu: »Aber so schön ist das auch wieder nicht.«

»Da hast du leider Pech gehabt. Wir haben schon gegessen.«

»Könnt ihr denn nicht auf mich warten?«

»Wir warten oft genug auf dich. Aber geh nur in die Küche. Das Essen steht noch auf dem Herd, brauchst du dir nur warmzumachen.«

»Mieser Service hier«, sagte Marcello grinsend, und sein Schwager Fabian kam aus dem Wohnzimmer herbei und unterstützte seine Frau: »Komm, stell dich nicht so an. Ivanna hat immerhin nicht verlangt, dass du für uns ein Vier-Gänge-Menü kochst. – Was hast du eigentlich heute Abend noch vor?«

»Ich wollte mit euch mal wieder einen gemütlichen Abend vor dem Fernseher verbringen.«

»Da muss ich dich allerdings enttäuschen. Wir beide gehen heute Abend noch aus, wir haben eine Einladung. Wenn du nicht immer unterwegs wärst, wüsstest du das.«

Dann gingen die beiden ins Schlafzimmer, um sich ausgehfein zu machen, und als sie nicht einmal dreißig Minuten später aufbrachen, verließ Marcello mit ihnen die Wohnung. »Ciao, bei mir kann's später werden«, verabschiedete er sich vorm Haus und ging zu seinem Wagen, der etwas weiter entfernt stand.

Auch Fabian und Ivanna Fuhrmann stiegen in ihr Auto, und als Fabian nicht gleich losfuhr, sah seine Frau ihn fragend an.

»Ich will endlich mal wissen, wohin dein Bruder abends so oft fährt. Warum er oft die ganze Nacht wegbleibt und warum er ein solches Geheimnis daraus macht.« In dem Moment schoss Marcellos Alfa an ihnen vorbei.

»Warum?«

»Ach, Ivanna, ich will dich nicht beunruhigen.«

»Los, erzähl schon, was ist los?«

Während Fabian ihren schweren Volvo aus der engen Parklücke manövrierte, sagte er: »Ich glaube, dein Bruder ist in irgendwas Illegales verstrickt. Ich habe ihn erst vor wenigen Tagen dabei beobachtet, wie er sich umsah, ob wir in der Nähe sind, dann hat er das Telefon genommen und ist damit im Gästezimmer verschwunden. Ich hab, das gebe ich zu, an seiner Tür gelauscht, konnte aber nichts Genaues verstehen, da er sehr leise sprach. Aber es war auf Deutsch, das habe ich genau gehört. Warum zum Teufel nimmt er sein Handy nicht? Er hat doch immer das neueste Modell.«

»Du kennst ihn doch. Mein Bruder ist oftmals ein bisschen verpeilt. Das Ding wird mal wieder leer gewesen sein, oder er hat das Ladegerät verlegt.«

»Na ja.«

Unterdessen hatte Marcello Hofheim verlassen und raste Hattersheim entgegen. Fabian Fuhrmann folgte ihm in gebührendem Abstand, und als sein Schwager auf die A 66 in Richtung Frankfurt auffuhr, schloss er sich ihm an, obwohl sie eigentlich schon längst bei der Feier zum sechzigsten Geburtstag eines Kollegen von Fabian sein sollten.

Als er endlich den Beschleunigungsstreifen erreicht hatte und sich in den fließenden Verkehr einfädelte, sagte er verwundert: »Wo ist er denn hin? Ich sehe ihn nicht mehr. Hatte er uns etwa bemerkt?«

»Das war doch toll«, lobte Ingrid Kramer ihre Schützlinge am Ende des Trainings. »Wenn die Generalprobe für unseren großen Auftritt nächste Woche auch so gut klappt, werden wir eine super Show abliefern. Also denkt dran, kommenden Freitag proben wir mit allen anderen zusammen, den Büttenrednern, den Sängern und den anderen Tanzgruppen, und die Musik wird live sein und nicht wie bisher vom Band. Am nächsten Samstag ist es dann so weit. Geht auch zu Hause die Schritte ruhig noch einmal durch … aber das macht ihr ohnehin, so gut kenne ich euch inzwischen. – Freut ihr euch schon darauf?«

»Ja klar« oder »Und wie!« tönte es ihr zwölfstimmig entgegen, und Chiara Partolucci setzte hinzu: »Ich kann es gar nicht abwarten.«

»Genau, Chiara, das geht uns allen so«, stimmte die Fünfunddreißigjährige dem Mädchen zu und sagte dann schmunzelnd: »So, jetzt aber ab in die Umkleide. Die Handballer werden sich bedanken, wenn wir die Halle blockieren.«

Einige der Handballer waren schon in der Halle und

begannen sich warmzumachen, während die Mädchen so langsam dem Ausgang entgegenstrebten. Bevor Ingrid Kramer hinter ihnen die Halle verließ, sah sie sich noch einmal um, denn nur zu oft kam es vor, dass eines der Mädchen eine Jacke oder sonst etwas liegen ließ.

Dabei sah sie, dass Chiara Partolucci und Mariella Bartolini wieder einmal besonders lange brauchten, da sie wie so oft am Herumalbern und Kichern waren.

»Auf jetzt, ihr zwei«, rief sie ihnen lächelnd zu, und während die Mädchen sich nun endlich beeilten, warf sie einen letzten Blick in die Halle. Dabei begegnete sie dem Blick eines Mannes, der etwas abseits auf der Tribüne am Spielfeldrand saß und zu den beiden hinübersah. Sie hatte für einen kurzen Moment lang ein sonderbares Gefühl, da sie den Mann nicht sicher den Handballern zuordnen konnte. Aber da sie es an diesem Tag besonders eilig hatte, dachte sie nicht länger darüber nach. *Ich kann ja unmöglich jeden aus der Mannschaft kennen,* dachte sie sich und verließ die Halle.

Inzwischen hatte sich Stefan halbwegs mit dem Gedanken arrangiert, unter Hunderten schunkelnden, gut durchorganisierten Karnevalisten seinen Samstagabend verbringen zu müssen. So viel geballte Fröhlichkeit ging ihm normalerweise auf die Nerven.

Es war Donnerstagnachmittag, und er war nicht gerade glücklich darüber, dass ausgerechnet er heute Telefondienst machen sollte, während alle anderen in Ermittlungen unterwegs waren. Sein Pech war es gewesen, dass der Fall, den er gerade bearbeitet hatte, schon abgeschlossen war. Lustlos ging er daran, die Rechnung zu schreiben, und war froh, als das Telefon läutete und er abgelenkt wurde.

Aber statt eines neuen Auftraggebers war es Hauptkommissar Jörg Stuhlbein. Zu allem Überfluss war es kein dienstliches Gespräch, sondern er ließ sich lang und breit darüber aus, wie gern er doch zu dieser Faschingsveranstaltung gegangen wäre, stattdessen aber das ganze Wochenende lang Spätdienst schieben musste.

Als kurz darauf dann auch noch Steffi anrief, um ihren Mann zu sprechen, war es endgültig genug. Denn anstatt wieder aufzulegen, als sie hörte, Claus sei nicht da, schwärmte sie Stefan lang und breit von der Veranstaltung vor und zählte auf, wer dort so alles auftreten würde. Kurz entschlossen fuhr er noch während des Gesprächs seinen Rechner herunter, nahm danach seine Jacke vom Haken und marschierte in das Café in der Bahnstraße hinüber, um sich ausgiebig zu stärken.

»So, jetzt dürfte nichts mehr schiefgehen«, sagte der Mann leise zu sich selbst, als er die Sporthalle durch den Notausgang in der Nähe der Umkleidekabinen verließ.

Er hatte gerade die Tür so präpariert, dass man sie von außen öffnen konnte, um ungesehen in die Halle zu kommen. Als er den Parkplatz überquert und in seinem Wagen Platz genommen hatte, zog er das Mobiltelefon mit der Prepaid-Karte aus der Tasche, das er sich für diesen Zweck zugelegt hatte, und rief eine Nummer in Italien an.

Als auf der Gegenseite nicht abgenommen wurde, brummte er verärgert: »Verdammt, wo treibt dieser Kerl sich denn immerzu rum«, und legte das Telefon erst einmal zur Seite.

Dann zündete er sich eine Zigarette an, rauchte sie genüsslich, und als er fertig war, wählte er erneut.

Nun endlich wurde auf der Gegenseite abgenommen.

»Pronto?«

»Hä? Ach so, Bist du's, Ma…

»Halt, ich bin Old Boy.«

»Ich finde es übertrieben, dass wir uns selbst am Telefon nicht mit unseren Namen anreden sollen. Wer soll denn davon etwas mitbekommen?«

»Sei nicht blöde, Marc, wenn wir uns nur einmal verplappern, kann alles zu Ende sein. Also gewöhn dich dran.«

»Nenn mich nicht immer Marc. Ich mag es nicht, wenn du meinen Namen so verstümmelst.«

»Okay, Martina, ist dir das lieber?«

»Um Gottes willen, nein.«

»Also Schluss mit dem Mist, warum rufst du an?«

»Alles ist vorbereitet, am Samstag ist es so weit. Kannst du dann hier in Deutschland sein?«

Luigi Partolucci war aufgeregt wie selten zuvor. Am kommenden Wochenende würde die große Diskussionsrunde im örtlichen Rundfunksender stattfinden, und wenn man sämtlichen Medien und auch den Sachverständigen seiner Partei glauben durfte, würde derjenige, der am überzeugendsten argumentierte, das riesige Heer der Unentschlossenen auf seine Seite ziehen. Luigi war zuversichtlich, dass ihm das gelingen konnte, denn was hatten seine Mitbewerber schon zu bieten?

Am ehesten hätte vielleicht noch Bernardo Savero von den Konservativen eine Chance gehabt. Der war zwar schon ziemlich alt, jedoch früher schon einmal Bürgermeister gewesen und nicht einmal der schlechteste. Leider hatte er seine Kandidatur zwei Wochen zuvor völlig überraschend zurückgezogen. Aber der Rest? Keiner hatte irgendetwas vorzuweisen außer Skandalen und Skandälchen. Der eine oder andere war sogar schon des Öfteren ins Fadenkreuz polizeilicher Ermittlungen geraten. Luigi hingegen hatte sich in den letzten fünfzehn Jahren für sein Stadtviertel aufgerieben und gegen den Widerstand aller anderen Parteien eine neue Grundschule, einen Kindergarten und einen Spielplatz durchgesetzt. Allen seinen Gegnern voran stand Claudio Tessalotti, der dem Santini-Clan zugerechnet wurde, obwohl die Verbindung nie offiziell gemacht worden war.

Santini-Clan ist gut, dachte Luigi und musste grinsen. Die nannten sich immer noch so, obwohl der Name Santini in den zugehörigen Familien längst ausgestorben war. Aber das ging noch auf den Alten, den Großvater der jetzigen Generation, zurück. Sein Pech, dass er nur Töchter hatte und die Schwiegersöhne einspringen mussten.

Luigi war absolut klar, dass sie deshalb nicht minder gefährlich waren, auch wenn die, die heute die Fäden in der Hand hielten, nicht die Kinder des Alten waren. Ganz im Gegenteil: Um ihren Machtanspruch innerhalb der Familie sicherzustellen, mussten sie härter als die anderen sein.

Unterdessen saß Claudio Tessalotti an seinem Schreibtisch und brütete stumm vor sich hin. Im Grunde war es bislang doch ganz gut gelaufen. Nur dieser Sturkopf Partolucci wollte nicht spuren. Wenn er den Wink mit dem Zaunpfahl nicht verstand, dann mussten sie eben mit dem Knüppel winken.

Nachdem er einige Sekunden lang die blankpolierte Tischplatte angestarrt hatte, nahm er den Hörer ab und wählte die Nummer, die in keinem Telefonbuch stand und die er nur wählen durfte, wenn es wirklich brannte.

»Hallo, Chef«, sagte er, »ich fürchte, Luigi spurt nicht so, wie er sollte. Ich denke, Plan B muss nun doch noch Wirklichkeit werden.«

»Keine Sorge, damit habe ich, ehrlich gesagt, bereits gerechnet. Deshalb haben wir alles schon in die Wege geleitet.«

Am frühen Samstagabend stand die Fastnachtssitzung kurz vor ihrer Eröffnung, und die Taunus-Ermittler hatten mitsamt ihren Familien in der festlich geschmückten Sporthalle Platz genommen. Selbst Stefan kam nun doch so langsam in Feierstimmung, und auch Sven, der zuerst gar nicht hatte mitgehen wollen, taute langsam auf.

»Jetzt hätte nur noch Burkhard mitsamt Familie in unserer Runde gefehlt«, sagte Peter. »Aber der zieht eben die Malediven vor …« Dort verbrachten der mit den Taunus-Ermittlern befreundete Rechtsanwalt und seine Frau Claudia gerade ihre Flitterwochen. »Na ja, da kann Karin schon mal drei Wochen lang testen, wie es ist, wenn sie in drei Jahren die Kanzlei ihres Vaters ganz übernimmt.«

Peter hatte seinen Satz kaum beendet, da bat der Sitzungspräsident um Ruhe, eröffnete mit einer kurzen Rede die Veranstaltung und kündigte dann eine gemischte Tanzgruppe aus dem benachbarten Eppstein an. Stefan bemerkte, dass Sven ganz fasziniert zur Bühne starrte, und sagte neckend: »Na, Sven, du starrst die Mädels aber an!«

Peter, der ziemlich genau wusste, wem Svens Blicke galten, stimmte mit ein, und sagte: »Lass ihn doch, solange er sie dabei nicht auszieht.«

»Aber Peter« war alles, was Annika dazu einfiel.

Nachdem die Tanzgruppe verabschiedet worden war, wurde für den ersten Büttenredner die Bühne umgebaut, und der Mann erzählte in Versen von den Tücken des Alltags als Hausmann. Als er geendet hatte, applaudierten alle, am heftigsten Stefan, der noch Lachtränen in den Augen hatte.

Carola, Claus' Tochter, hatte ihre Eltern gefragt, ob sie am Tisch ihrer besten Freundin Melanie sitzen dürfe, und die hatten der beinahe Achtzehnjährigen diesen Wunsch gern gewährt. Melanies kleine Schwester war in wenigen Minuten mit ihrer Tanzgruppe an der Reihe, und Melanie, die sonst immer mit Michelle im Clinch lag, hatte Tränen der Rührung in den Augen, als die Kleine mit ihrem farbenfrohen Kostüm die Bühne betrat. Auch Carola war fasziniert, wie geschmeidig sich die Mädchen auf der Bühne bewegten, und als Melanie sagte: »Michi hat wenigstens Talent, aber ich …«, sagte sie zustimmend: »Mir geht's auch nicht besser.«

Aber auch Erika Kübler, Melanies Mutter, war begeistert von ihrer Jüngsten und wollte ihre Digitalkamera aus der Tasche ziehen, fand sie jedoch nicht.

»Ich bin ein Esel«, sagte sie »ich hab die Kamera vergessen. Dann muss ich wohl das Smartphone nehmen …«

»Der Esel bin ich«, beruhigte sie ihr Mann Siegfried, der sich noch mit der Filmkamera abmühte, »ich habe vorhin noch schnell den Akku geladen und den Apparat dann, ohne was zu sagen, eingesteckt. Hier ist er.«

Während im Saal die Stimmung tobte, stand der Mann gut versteckt in einer Mauernische hinter der Bühne, wo es fast unmöglich war, dass er jemandem auffiel. Dennoch hatte er von hier aus die kleinen Tänzerinnen gut im Blick.

Als die Mädchen sich anschickten, die Bühne zu verlassen, zog er sich in Richtung der Toiletten und Umkleidekabinen zurück. Jetzt musste er auf der Hut sein, gleich ging es ums Ganze.

Nur wenige Augenblicke später sah er die Kleinen mit ihren zwei Betreuerinnen in den Gang zu den Umkleiden abbiegen, und die Äußerung der einen trieb ihm den Angstschweiß auf die Stirn: »Achte du doch bitte darauf, dass die Mädels ihre Orden nicht liegen lassen, ich bring derweil unsere Blumensträuße vom Elferrat ins Auto. Gib mir mal deinen Autoschlüssel. Ich geh dann gleich zurück in den Saal. Da geb ich dir dann auch den Schlüssel zurück.«

»Okay, alles klar. Aber da unser Sitzungspräsident die glorreiche Idee hatte, eine Tüte mit Süßigkeiten an die Orden dranzuhängen, bleiben die bestimmt nicht liegen«, gab die andere lachend zurück, »trotzdem hast du recht.«

Noch während sie das sagte, verschwand sie in der Sammelumkleide und nach ihr auch alle Mädchen. So war das nicht geplant gewesen, dachte der Mann grimmig. In seiner Vorstellung wären die Kinder allein und unbeaufsichtigt im Umkleideraum gewesen.

Doch kurz darauf kam ihm der Zufall zu Hilfe. Denn ausgerechnet Chiara verließ die Umkleide als Erste und dazu allein. Er sah, wie sie zu den Toiletten eilte, und folgte ihr, so schnell er konnte.

Leider war das Mädchen bereits in einer Kabine verschwunden, sodass ihm, wollte er keinen Lärm verursachen, nichts anderes übrig blieb, als zu warten. Er schwitzte Blut und Wasser, denn er befand sich im Vorraum zur Damentoilette, und wenn man ihn hier erwischt hätte …

Chiara brauchte lange, sehr lange, aber endlich war es so weit. Der Schlüssel drehte sich im Schloss, und das Mädchen kam heraus.

Der Mann, der verborgen in der Ecke des Raumes gestanden hatte, sprang blitzschnell hinzu, packte das Mädchen von hinten und versuchte, ihr einen mit Chloroform getränkten Lappen aufs Gesicht zu drücken. Aber er hatte nicht mit der Gegenwehr der Zehnjährigen gerechnet. Beinahe hätte sich das Mädchen seinem Griff entwinden können.

Gerade als er sie wieder fest im Griff hatte und den Lappen in ihr Gesicht drückte, ging die Tür auf.

»Chiara, wo bleibst du denn, die anderen sind alle schon …«, begann Ingrid Kramer. Doch dann erfasste sie die Situation, sah, dass Chiara schlaff in den Armen des Mannes hing, und sprang hinzu. Die durchtrainierte Frau versetzte dem Mann einen Faustschlag auf die Schulter, der nicht von schlechten Eltern war, hatte aber nicht mit der Brutalität ihres Gegenübers gerechnet. Er ließ das Mädchen kurzerhand zu Boden fallen und zog einen spitzen Gegenstand unter seiner Jacke hervor, den Ingrid Kramer gerade noch als Messer identifizieren konnte, bevor es mit großer Wucht ihre Bauchdecke durchdrang. Sie konnte gerade noch denken: *Scheiße, tut das weh,* dann schwanden ihr die Sinne.

Nun wurde der Mann überraschend ruhig. Kurzerhand und nicht sehr feinfühlig hob er das betäubte Mädchen vom Boden auf, klemmte sie sich unter den Arm, steckte den mit Chloroform getränkten Lappen ein und ging, als würde sie kaum etwas wiegen, zur Tür des Notausgangs. Sich vorsichtig umsehend, verließ er das Gebäude und schlich im Schutz der Gebüsche zu seinem Wagen. Hier wartete auf dem Fahrersitz sein jüngerer Komplize schon ganz ungeduldig.

»Mensch, das hat aber lange gedauert.«

»Da war eine Trainerin.«

»Wie, hat die dich gesehen?«, fragte der andere ganz entsetzt.

»Ja, schon.«

»Was heißt das? Kann sie dich identifizieren? Sag, schon, was ist los? Sollten wir dann nicht besser abbrechen?«

»Nicht nötig. Die sagt bestimmt nichts mehr.«

Sein Gegenüber begann zu ahnen, was sein Komplize ihm da gerade sagen wollte, und stammelte: »Du hast, hast sie … Bist du von allen guten Geistern verlassen? Eine geräuschlose Entführung war vorgesehen. Aber eine Tote zu diesem Zeitpunkt? Das kann noch heiter werden. Das gefährdet den ganzen Plan!« Er vergaß vor Panik fast das Losfahren.

»Stell dich nicht so an, fahr lieber. Oder sollen wir morgen früh immer noch hier auf dem Parkplatz stehen?«

Der Jüngere startete mit fahrigen Fingern den Wagen und ließ ihn anrollen.

»Sieh es doch mal von dieser Seite, Marc«, sagte sein Komplize. »Die Frau kann uns mal nicht mehr verpfeifen. Nie mehr.«

In der Sporthalle ahnte niemand, welches Drama sich nur wenige Meter entfernt abgespielt hatte. Die Veranstaltung jagte von einem Höhepunkt zum nächsten, und die Stimmung im Saal war prächtig. Kristin Dietrich saß schon geraume Zeit wieder bei ihrer Familie und begann sich so langsam zu wundern, dass Ingrid ihren Autoschlüssel nicht zurückhaben wollte. Aber da die Stimmung so gut war, dachte sie nicht weiter darüber nach und trank erst einmal das Weinglas ihres Mannes leer.

»Du gehst aber heute wieder in die Vollen«, sagte ihr Mann lachend. »Na, es sei dir verziehen. Schließlich feiern wir in deinen Geburtstag hinein.«

»Allerdings, schon wieder ein Jahr älter, das ist nicht zum Aushalten.«

»Aber Kind«, sagte ihre Mutter, »was soll ich denn da sagen, ich bin schließlich schon zweiundsechzig. Aber bevor ich es vergesse zu erwähnen, eure Schützlinge haben prächtig getanzt.«

Dann war der Musikbeitrag, der gerade gelaufen war, zu Ende, und ein weiterer Büttenredner, der meist als einer der letzten auftrat, betrat die Bühne. Erst jetzt fiel Kristin wieder auf, dass Ingrid sich noch immer nicht wegen ihres Autoschlüssels bei ihr gemeldet hatte.

Sonderbar, dachte sie, *ihr wird doch nicht vor Aufregung schlecht geworden sein. Und ich feiere fröhlich hier oben.*

Genau das hatte Kristin mit Ingrid vor zwei Jahren schon einmal erlebt, als die das Training mit den Kindern gerade frisch übernommen hatte.

»Ich geh mal nach hinten, nach Ingrid sehen«, flüsterte sie ihrem Mann zu, der ihr fast unmerklich zunickte, da er Bescheid wusste.

Die junge Frau durchquerte den Saal, verschwand hinter der Bühne und ging die wenigen Stufen hinunter ins Tiefgeschoss zu den Umkleiden und Duschräumen.

»Ingrid«, rief sie laut, »bist du noch hier?«

Dann drückte sie die Türklinke zum Umkleideraum hinunter und erstarrte. Da stand Ingrids rote Sporttasche auf der Bank, aber von ihrer Kollegin war weit und breit nichts zu sehen. Kurz entschlossen drehte sie sich um und ging zu den Toiletten, die nur zwei Räume weiter waren und zu dieser Umkleide gehörten.

Sie öffnete und wollte gerade nach ihrer Mittrainerin und Freundin rufen, da erschrak sie so sehr, dass ihr schwindelig wurde. Mitten in einer riesigen Blutlache lag Ingrid Kramer. Sie rührte sich nicht, und aus einer mächtigen Wunde am Bauch sickerte weiter Blut auf den Boden.

Als sie oben an der Treppe die ihr wohlvertrauten behäbigen, leicht schlurfenden Schritte des Hallenwarts hörte, rief sie laut: »Hilfe! Herr Meissner, kommen Sie schnell.«

Der kräftig gebaute, kahlköpfige Endfünfziger eilte herbei, erfasst sofort, was geschehen war, und telefonierte Notarzt und Polizei herbei.

Zu Kristin Dietrich sagte er: »Die Sitzung ist fast zu Ende. Behalten Sie Ruhe, wir wollen doch nicht, dass irgendjemand mitbekommt, was hier geschehen ist. Vor allem nicht die Presse, die heute besonders zahlreich im Saal ist.«

»Aber wer bringt das Ingrids Mann bei?« Richard Kramer, der noch eine Erkältung auskurieren musste, war an dem Abend zu Hause geblieben.

3.

Nur wenige Minuten später kam der zivile Polizeiwagen der Hofheimer Kripo am Hintereingang der Sporthalle an. Die Karnevalsveranstaltung hatte inzwischen nicht ganz regulär geendet, und die Leute strömten nach vorn aus der Halle, ohne auch nur andeutungsweise mitzubekommen, was sich am Hintereingang tat. Das war vor allem dem umsichtigen Hallenwart zu verdanken. Nachdem er ohne großes Aufsehen den Sitzungspräsidenten benachrichtigt hatte, hatte dieser die Karnevalssitzung fast unmerklich um einige Gags und Sprüche verkürzt. Den Aktiven, die sich noch umziehen wollten, wiederum hatte er erzählt, dass es einen Rohrbruch gegeben habe und der Keller überschwemmt sei, sodass sie nicht hineinkönnten.

Zuerst war der diensthabende Kommissar, es war Jörg Stuhlbein, etwas ungehalten gewesen, dass man die Leute einfach gehen ließ. Schließlich war in seinen Augen jeder ein potenzieller Täter. Aber er sah schnell ein, dass der Veranstalter die annähernd fünfhundert Gäste sowie die mehr als hundert Aktiven unmöglich hier festhalten konnte. Ihnen würde nichts anderes übrig bleiben, als in den nächsten Tagen die Kontaktdaten zu ermitteln – Jörg hoffte, dass die meisten Gäste ihre Karten im Vorverkauf und unter Hinterlegung ihrer Daten bestellt hatten, das würde die Zusammenstellung erheblich erleichtern.

Zunächst einmal war Jörg Stuhlbein froh, dass ihm niemand eventuell vorhandene Spuren zertrampelt hatte. Er kniete sich zu der leblosen Frau hin und fühlte ihren Puls. Er schüttelte den Kopf und wollte schon wieder aufstehen, aber dann nahm er ihr Handgelenk noch einmal. »Sie lebt. Verdammt noch mal, wo bleibt denn der Notarzt!«

In dem Moment kamen zwei Rettungssanitäter mit Bahre und kurz darauf der Notarzt in den Raum, der den Ernst der Lage sofort erkannte und sich unversehens zu der schwer verletzten Ingrid Kramer begab. Jörg Stuhlbein machte ihnen Platz, um das Opfer transportfähig zu machen, und ging auf den Flur, um die Spurensicherung herbeizurufen. Darauf sagte er zum Hallenwart, der ihn begleitet hatte: »Diese Toilettenräume werden, sobald unsere Techniker fertig sind, bis auf Weiteres versiegelt. Sie dürfen dann nicht betreten werden, bis ich sie freigebe. Eigentlich müsste ich das auch mit der gesamten Umkleide tun, aber ich denke, es reicht, wenn wir das auf den Toilettenvorraum und die Sammelumkleide beschränken. Hier sind wohl am ehesten Spuren zu finden.«

»Wie lange wird das dauern?«, fragte Meissner. »Wir haben hier unten nur zwei Herren- und zwei Damentoiletten, aber fünfzehn Sportvereine, die hier trainieren.«

»Es dauert so lange, wie es muss, aber beruhigen Sie sich. Ich hätte auch das ganze Gebäude versiegeln lassen können, wenn ich überzeugt davon wäre, dass wir hier im Flur oder oben in der Halle irgendwelche Spuren finden könnten. Sie sind also recht gut weggekommen.«

Dann widmete er sich der Befragung der Zeugin, die geduldig im Flur gewartet hatte. Als Kristin Dietrich ihm berichtete, dass sie zuerst im Umkleideraum nach Ingrid gesucht und dort nur ihre Tasche gefunden hatte, wollte er gleich dorthin geführt werden. Als sie den Raum betraten, blieb sie abrupt stehen. »Was ist los?«, fragte der Kommissar.

»Der Rucksack dort am Haken … das ist der von Chiara. Ist sie am Ende noch irgendwo hier und hat alles mit ansehen müssen?«

»Wer ist denn Chiara?«

»Chiara Partolucci, eine unserer kleinen Tänzerinnen.«

»Dass sie ihren Rucksack einfach vergisst, ist wohl nicht anzunehmen?«, fragte der Kommissar alarmiert.

»Kann ich mir nicht vorstellen«, sagte Kristin Dietrich.

»Dann lassen Sie uns sofort nachsehen, ob sie hier noch irgendwo ist.« Daraufhin durchsuchten der Kommissar und die Trainerin den gesamten Umkleidebereich, schauten hinter sämtliche Kabinentüren und riefen Chiaras Namen – ergebnislos. Darauf holte Kristin ihr Handy aus der Hosentasche. »Ich rufe ihre Eltern an, ob sie bei ihnen ist. Die Sitzung ist inzwischen beendet, sie würden sonst oben auf sie warten.«

Aber das war nicht mehr nötig. Die inzwischen stark beunruhigten Partoluccis erschienen nun, da alle anderen Aktiven inzwischen das Gebäude verlassen hatten, am oberen Treppenabsatz. Sie hatten sich vom Hallenwart offensichtlich nicht abwimmeln lassen.

»Was ist denn hier los? Und vor allem, wo ist meine Tochter?«, fragte Paolo Partolucci, während Lucia entsetzt die Hand vor den Mund schlug, als sie die Rettungssanitäter und den Notarzt entdeckten, die gerade die Bahre mit dem Opfer zum Hinterausgang schoben.

»Ist sie … ist sie etwa auch …«, stammelte nun auch der Vater.

»Nein. Aber vermutlich hat Ihre Tochter den Mordversuch an Ingrid Kramer beobachtet. Wahrscheinlich ist sie einfach weggerannt. Aber wir können nicht ausschließen, dass der oder die Täter sie bemerkt und das Mädchen mitgenommen haben.«

»Ist das Ihr Ernst?«

»Die Möglichkeit besteht leider. Immerhin ist die Kleine nicht hier, und bei Ihnen ist sie auch nicht. Und ihr Rucksack hängt noch am Haken.«

»Meine Tochter!«, sagte Lucia mit erstickter Stimme.

»Wir lassen sofort nach ihr fahnden«, versicherte Jörg Stuhlbein. »Alle Streifenpolizisten halten im Umfeld der Sporthalle die Augen auf.« Seine Kollegin, die Kommissarin Barbara Seeger, die eigentlich frei gehabt hatte, aber inzwischen am Tatort eingetroffen war, sagte behutsam zu den Eltern: »Gehen Sie am besten nach Hause. Vielleicht ist sie längst dort. Wenn sie hier noch herumirrt, finden wir sie schnell und bringen sie zu Ihnen. Wir halten Sie auf jeden Fall auf dem Laufenden und melden uns, sowie wir etwas wissen. Falls sie jedoch von den Tätern mitgenommen worden sein sollte, haben die vielleicht schnell eingesehen, dass es ein Fehler war, und sie ist bereits dort. Oder sie melden sich bei Ihnen … in jedem Fall wäre es gut, wenn Sie schnell zu Hause sind.«

Etwas Besseres fiel ihr auf die Schnelle nicht ein, um den völlig aufgelösten Eltern wenigstens etwas mehr Ruhe und Zuversicht zu geben.

Jörg Stuhlbein ließ sich von den Partoluccis noch ihre Festnetz- und Handynummern geben und versprach, eine Rückverfolgung einrichten zu lassen, bei der die Verbindungsdaten auch anonymer Anrufer festgehalten werden konnten. Dann verabschiedete er sich von dem Ehepaar, das sich langsam umdrehte und gramgebeugt die Treppe zum Hauptausgang hinaufging.

Jörg Stuhlbein sah ihnen nachdenklich nach und hoffte, dass seine Kollegin es geschafft hatte, sie zu beruhigen. Deshalb sprach er zu ihnen auch nicht mehr davon, welche andere Möglichkeit des Tatverlaufs ihm in der Zwischenzeit durch den Kopf gegangen war: dass es sich in Wahrheit nicht um eine Zufallsentführung gehandelt hatte, sondern Chiara Partolucci das eigentliche Ziel gewesen war.

Während die verzweifelten Eltern die ganze Nacht lang das Telefon anstarrten und irgendwann erschöpft im Wohnzimmersessel einschliefen, betrachtete der, der sich Old Boy nannte, vom Beifahrersitz aus die kleine Chiara, die so süß und selig auf der Rückbank schlummerte, als sei sie von einem Sonntagsausflug ermattet auf dem Heimweg eingeschlafen. Sein Komplize glaubte tatsächlich, er sei erst vorgestern aus Italien hier angekommen. In Wahrheit hatte er schon einige Wochen in Deutschland verbracht und Marcs Handlungen beobachtet, ohne selbst groß in Erscheinung zu treten. Wie richtig diese Entscheidung gewesen war, zeigte sich nun, da sie mit diesem uralten und schon reichlich angenagten Fiat etwas ziellos durch den Main-Taunus-Kreis braušten.

»Hättest du nicht ein besseres Auto stehlen können?«

»Wieso? So einen wollte ich schon immer mal fahren.«

»O Gott. – Weißt du wenigstens, wohin es geht?«

»Nö, du?«

»Sei froh, dass wenigstens ich denken kann.«

»Also, das ist ja …«, begann der, der Marc genannt wurde, aber sein Partner unterbrach ihn sofort: »Zum Aufregen hast du später Zeit. Jetzt biegst du erst mal rechts ab in Richtung Königstein. Ich dirigiere dich, falls diese Karre die Steigung überhaupt schafft.«

Obwohl nicht nur der Auspuff immer beängstigendere Geräusche von sich gab, hielt der Wagen durch. Doch kurz nachdem sie in dem Dörfchen Esch angekommen waren, wo sie kurzerhand nach Bad Camberg hin abbogen, erstarrte der Ältere der beiden. Vor ihnen zuckten Blaulichter auf, und Marc trat voll auf die Bremse.

Erst mit einiger Verspätung wurde ihnen klar, dass es keine Straßensperre war, sondern ein Rettungswagen, der gerade die Verletzten eines Verkehrsunfalls versorgte.

Old Boy reagierte deutlich besonnener als Marc, der bereits Panik bekam und nach rechts griff, um das Handschuhfach zu öffnen, wo seine Pistole lag.

»Mensch, Junge, reiß dich zusammen, lass dir nichts anmerken, und dann langsam an der Unfallstelle vorbei.«

»Ich hab schon gedacht …«

»Guck lieber nach vorn, sonst knallst du dem Wagen vor uns ins Heck.«

Endlich hatten sie es geschafft. Die Unfallstelle war passiert, und der dunkelblaue Fiat nahm klappernd wieder Fahrt auf.

»Was macht denn unsere süße Prinzessin auf dem Rücksitz?«, fragte Marc.

»Schläft wieder. Hab sie grad noch mal schlafen geschickt. Schade, dass sie nicht ein paar Jahre älter ist, wir hätten richtig viel Spaß zusammen haben können.«

Am nächsten Morgen telefonierte Stefan schon früh mit Peter. Ihm war das vorgezogene Ende der Karnevalsveranstaltung genauso sonderbar vorgekommen wie seinen Kollegen. Und als sie vor der Halle auf den vorbestellten Taxi-Bus gewartet hatten, waren ihnen die zahlreichen Aktiven aufgefallen, die noch in voller Montur das Gelände verlassen hatten. An diesem Abend war aber keiner von ihnen mehr nüchtern genug, um länger darüber nachzudenken, und sie waren unverrichteter Dinge nach Hause gefahren.

»Peter«, sagte er nachdenklich, »ich bin sicher, dass dort gestern etwas vorgefallen ist. Selbst mir ist aufgefallen, dass der Sitzungspräsident zum Schluss ziemlich schweigsam war. Und warum sind die Teilnehmer der letzten Auftritte gegangen, ohne sich umzuziehen? Wurden sie nicht in den Umkleidebereich gelassen?«

»Da bin ich ganz bei dir, dass das alles etwas seltsam ist. Wenn wir letzte Woche nur nicht so viele Aufträge angenommen hätten ...«

»Alles Kleinkram, das sollen Verena und Annika machen. Wir haben Wichtigeres zu tun.«

»Meinst du?«, fragte Peter skeptisch, obwohl er ähnlich empfand.

Aber das Tagesgeschäft ihrer Detektei auf die Frauen abzuschieben, kam ihm auch unfair vor.

Als kurz darauf allerdings auch Claus anrief und ganz ähnliche Gedanken äußerte, vereinbarten die drei eine Sondersitzung für den Nachmittag.

Bei Lucia und Paolo Partolucci lagen die Nerven blank. Nervös lief das Ehepaar in der Wohnung herum und wartete darauf, dass irgendetwas geschah. Aber selbst das Telefon läutete nicht ein einziges Mal, und ihre Stimmung wurde immer angespannter.

»Du hättest es Chiara nicht erlauben sollen, an dieser Tanzvorführung teilzunehmen«, fuhr Paolo seine Frau an.

»Was heißt hier ich? Du warst doch ganz stolz auf sie!«, giftete Lucia zurück.

Ehe sie sich's versahen, steckten die sonst so friedlichen und harmonischen Eheleute mitten in einem handfesten Krach mit heftigen gegenseitigen Schuldzuweisungen und wurden immer lauter. Erst als Lara verschlafen im Wohnzimmer auftauchte und mit ängstlichem Blick fragte: »Papa, Mutti, warum streitet ihr?«, kamen die beiden zur Besinnung.

Entgeistert starrten sie einander an, und Paolo sagte: »Verdammt, was tun wir hier eigentlich.«

Lucia nickte ihm fast unmerklich zu, und Lara, die trotz ihrer erst acht Jahre ein sehr verständiges Mädchen war, sagte: »Chiara kommt heil zurück, das weiß ich.«

Paolo lächelte der Kleinen tapfer zu, und Lucia, die offensichtlich mit den Tränen kämpfte, sagte zu ihr: »Lara, möchtest du auf dein Zimmer gehen?«

»Nein, ich will lieber hier bei euch bleiben.«

»Dann komm her, Lara«, sagte ihr Vater. Die drei setzten sich auf die Couch, umarmten sich innig, und keiner von ihnen schämte sich seiner Tränen.

Es war draußen längst hell, als das Telefon Richard Kramer aus seinem unruhigen Schlaf riss. Am Abend zuvor war er sofort in die Frankfurter Uni-Klinik gefahren, als die Polizei ihn über den Mordversuch an seiner Frau informiert hatte. Dort hatte man ihn in den frühen Morgenstunden höflich, aber bestimmt nach Hause geschickt. Stundenlang hatte er, noch leicht angeschlagen von seiner Erkältung, im Wartebereich der Intensivstation gesessen und jeden Arzt und jede Pflegerin mit Fragen zu seiner Frau gelöchert. Irgendwann war es selbst der geduldigsten Mitarbeiterin zu viel geworden, und als Richard Kramer auch noch zum Bett seiner Frau vordringen wollte, hatte es dem Chefarzt gereicht. Auch wenn er vollstes Verständnis für den völlig aufgelösten Mann hatte, so hätte dieser doch den Ärzten und Pflegern, die sich in Minutenintervallen um Ingrid Kramer kümmern mussten, nur im Wege gestanden.

Schweren Herzens hatte sich Richard also ein Taxi genommen und war nach Hause in die gespenstisch leere Wohnung zurückgekehrt, hatte sich in einen Sessel fallen lassen und musste dann vor Erschöpfung eingeschlafen sein. Beim Klingeln des Telefons war er nun sofort hellwach und angespannt, denn er befürchtete schon das Schlimmste.

»Kramer«, meldete er sich mit zittriger Stimme, doch zu seiner Erleichterung war es nicht die Klinik, sondern Herr Partolucci, der Vater der kleinen Chiara, die von seiner Frau trainiert wurde.

Sofort durchzuckte ihn ein heftiger Schmerz: *Würde seine Frau jemals wieder …*

Er wagte gar nicht den Gedanken zu Ende zu denken, sondern fragte: »Sie wünschen?«

Der sympathische Italiener am anderen Ende der Leitung erkundigte sich nach Ingrids Gesundheitszustand, und Richard Kramer – der nicht darüber nachdachte, warum Herr Partolucci überhaupt davon wusste – packte die Gelegenheit beim Schopf, sich alles von der Seele zu reden, und schloss mit den Worten: »Keiner kann mir sagen, ob sie irgendwann wieder aufwacht, ja ob sie überhaupt überleben wird.«

Daraufhin berichtete ihm Partolucci von seiner verschwundenen Tochter und dass auch er und seine Frau in großer Sorge seien. »Wir … wir fürchten, dass sie als Zeugin …«

Dann wurde das Gespräch unterbrochen, und das Telefon blieb stumm.

Richard Kramer starrte den Hörer in seiner Hand an, und plötzlich packte ihn ein unbändiger Zorn. Natürlich nicht gegen seinen Leidensgenossen, sondern gegen den Täter, der nicht nur seine Frau an den Rand des Todes gebracht, sondern auch noch ein kleines, unschuldiges Mädchen in die Sache hineingezogen hatte. Wer weiß, ob sie noch am Leben war. Vielleicht hatte der Anschlag auch ihr gegolten. Seine Frau hatte, soviel er wusste, keinen einzigen Feind.

Voller Schmerz dachte er an seine Ingrid, die er vielleicht nie mehr in den Arm nehmen und herumwirbeln konnte, wie er es immer so gern getan hatte. Da fiel ihm plötzlich siedend heiß ein, dass seine Schwägerin Mareike, Ingrids ältere Schwester, noch gar nichts von den schrecklichen Ereignissen der letzten Nacht wusste. Kurzerhand wählte er, da er das Telefon noch in der Hand hielt, ihre Nummer und berichtete ihr, was geschehen war. Als er eine Viertelstunde später das Mobilteil in die Basisstation zurückstellte, war er nassgeschwitzt.

Kurz darauf begann in ihm ein Plan zu reifen, der von Sekunde zu Sekunde mehr Gestalt annahm: Er würde diese Kelkheimer Detektive engagieren, von denen die Presse oft genug berichtete. Nun könnten sie beweisen, dass sie wirklich so gut waren, wie immer behauptet wurde. Und würden die Ganoven von ihnen vor der Polizei aufgespürt, dann Gnade ihnen Gott. Er hätte bestimmt keine.

Auch bei den Dietrichs hatte dieser Tag anders begonnen als jeder andere. Genau genommen war der Samstagabend einfach in den Sonntag übergegangen, ohne dass Kristin es recht gemerkt hatte. Seit sie aus der Halle zurück waren, hatte sie kein Auge zugetan. Während ihr Mann irgendwann im Bett verschwunden war, hatte Kristin stumm auf der Sessellandschaft im Wohnzimmer ausgeharrt und vor sich hingebrütet, während sie eine Zigarette nach der anderen geraucht hatte.

Als ihr Mann am späten Vormittag ins Wohnzimmer kam und den überquellenden Aschenbecher sah, sagte er liebevoll: »Ich kann ja verstehen, dass dich die Sorge um deine Freundin nicht zur Ruhe kommen lässt. Aber glaubst du, davon würdest du ruhiger? Du solltest stattdessen lieber etwas essen.«

»Du hast ja recht, aber ich hab noch nicht einmal den Nerv, etwas zum Mittag zu kochen. Ich mache mir solche Vorwürfe.«

»Aber wofür denn, um Gottes willen …«

»Ich bin schuld daran, dass Ingrid so spät gefunden wurde. Als sie nicht kam, um ihren Autoschlüssel abzuholen, hätte ich viel früher misstrauisch werden müssen.«

»Du hättest unmöglich ahnen können, was sich dort unten abgespielt hat. Und wenn du früher nachgesehen hättest und der Verbrecher noch da gewesen wäre? Er hätte auch dich niederstechen können. Du hättest Ingrid nicht helfen können, sondern wärst selbst Opfer geworden.«

»So habe ich das noch gar nicht gesehen«, gab die Achtunddreißigjährige zu, wurde augenblicklich ruhiger und schmiegte sich an ihren Mann. »Mach du uns doch bitte einen kleinen Imbiss. Anschließend fahren wir mal zu Herrn Kramer rüber. Der Arme ist doch bestimmt völlig von der Rolle. Wir sollten uns ein bisschen um ihn kümmern.«

Die Wintersonne stand inzwischen schon hoch über der Streuobstwiese irgendwo im Taunus, wo die beiden Entführer spät in der Nacht noch Zuflucht gesucht hatten. Nachdem ihnen plötzlich einige Streifenwagen mit Blaulicht entgegengekommen waren, war ihnen der Gedanke gekommen, dass das Verschwinden des Mädchens bestimmt schon aufgefallen war. Deshalb hatten sie sofort die Straße verlassen und im Schutz der Bäume Deckung gesucht.

Inzwischen war es ihnen aber, trotz des überraschend milden Februarwetters, reichlich kalt geworden, denn sie konnten es sich kaum noch erlauben, den Motor zum Heizen laufen zu lassen. Die Nadel der Tankuhr neigte sich immer stärker in Richtung der Null-Markierung. Ein Glück war, dass wenigstens das Mädchen nach der mehrfachen Betäubung noch im tiefen Schlaf lag.

Deshalb schlich sich Old Boy vorsichtig zur Straße hin, wo alles ruhig schien.

»Ich glaube, wir sollten so langsam los, jetzt sitzen alle zu Hause beim Mittagessen.«

»Wohin denn?«

»Das wirst du schon sehen.«

»Aber ich fahre, du passt auf die Kleine auf.«

»Wie du meinst«, sagte der vier Jahre Ältere, überließ Marc das Steuer und stieg selbst zu Chiara auf den Rücksitz.

Unterdessen startete Marc den Wagen und fuhr schnell, fast schon rasant den Feldweg entlang, zur Straße.

»Sollen die Achsen an der Karre auch noch brechen?«, brummte Old Boy mürrisch, und der andere murrte leise, fast unhörbar: »Halt's Maul.«

Aber sein Partner hatte es gehört. »Vorsicht, Junge. Nicht zu vorlaut. Fahr einfach auf die Straße in der Richtung weiter wie gestern.«

»So langsam sollten wir uns mal um ein Quartier kümmern.«

»O mein Gott. Wenn ich damit auf dich gewartet hätte …«

Gerade als sie im Dorf Würges ankamen, trat Marc so heftig auf die Bremse, dass sein Partner beinahe vom Rücksitz gerutscht wäre und er zudem Chiara festhalten musste, damit sie sich nichts brach.

Hier sind wir richtig, denn ich könnte ihn würgen, dachte er, während er wieder auftauchte.

»Was ist denn jetzt schon wieder los?«

»Sieh doch selbst.«

Er sah nach vorn durch die Windschutzscheibe und erblickte ein Schild, auf dem stand: Rohrbruch – Straße bis auf Weiteres gesperrt. Umleitung über …

»Ich fahr jetzt, das dauert mir zu lange«, sagte Old Boy, und bevor Marc richtig mitbekam, was geschah, fand er sich auf dem Rücksitz neben Chiara wieder.

Sein Kumpel ließ den Wagen anrollen, fuhr durch einige Gassen von Würges, bis sie den Ortsausgang erreichten und schon wenige Minuten später aus der Sichtweite des Taunusdörfchens waren.

Nahezu ohne abzubremsen, bog er plötzlich in einen Feldweg ein, und als Marc sich von seinem Schrecken erholt hatte, sagte er süffisant: »Du fährst aber auch, als wolltest du uns umbringen. Außerdem wacht von dem Geschaukel die Kleine auf.«

»Kann sie – wir sind gleich da.«

Statt auf dem holprigen Weg abzubremsen, gab der Mann noch mehr Gas, und der altersschwache Wagen schien sich redlich zu mühen, nicht auseinanderzufallen. Endlich war es geschafft. Am Waldrand, bestimmt drei oder vier Kilometer von jeder Ortschaft entfernt, hielten sie an.

Marc sah sich um, sah den alten, verlassen wirkenden Bauernhof und sagte: »Donnerwetter, hier findet uns keiner.«

»So war das auch gedacht. Los, bring die Kleine ins Haus.«

»Meinst du, ich bin blöde? Glaubst du, ich hätte sie im Auto gelassen, damit sie stiften gehen kann?«

Der Ältere verkniff sich einen Kommentar, der bestimmt nicht zu Marcs Zufriedenheit ausgefallen wäre, und sagte stattdessen: »Komm, gib sie her. Fahr lieber das Auto hinters Haus und tarne es so, dass es vom Feldweg aus nicht zu sehen ist. Dann kommst du rein, ich bin hinten.

Die vorderen Räume werden wir zur Sicherheit nicht benutzen.«

Während Marc sich um den Wagen kümmerte, trug Old Boy das Mädchen ins Haus und ging mit ihr in den Keller hinunter. Hier hatte er im Vorfeld bereits einen Raum für sie hergerichtet. Dort war es zwar ziemlich kühl, aber es würde sie – falls es ihr einfiele zu schreien – dank der dicken Mauern auch niemand hören, der zufällig am Haus vorbeikam. Marc und er würden im Erdgeschoss schlafen, da war es bequemer.

Großzügig, wie er war, ließ er dem Kind, das gerade aufzuwachen schien, eine große Flasche Zitronenlimonade, einige Süßigkeiten und eine warme Decke da. Auch wenn er glaubte, dass es ihm fast genauso wenig ausgemacht hätte, das Mädchen im Notfall zu töten. Aber das war zumindest im Moment noch nicht geplant.

Wenig später erwachte Chiara in ihrem feuchten, muffigen und düsteren Verlies. Es war gerade hell genug, sich im Raum zurechtzufinden und festzustellen, dass er einigermaßen sauber war. Den zwei hoch liegenden und winzigen Fenstern nach musste es ein Keller sein. Sie erinnerte sich daran, was ihr Onkel Luigi, der manchmal aus Italien zu Besuch kam, einmal ihren Eltern erzählt hatte. Eigentlich hätte sie das nicht hören dürfen, denn wenn Onkel Luigi solche Sachen erzählte, lag sie schon im Bett und schlief. Aber gerade, weil sie es nicht durfte, hörte sie besonders gern zu. Da hatte er von einem Jungen aus seiner Nachbarschaft erzählt, der entführt worden war. Genau das muss es wohl sein, dachte sie sich, und weil sie ein blitzgescheites Mädchen war, versuchte sie sich zu erinnern, was Onkel Luigi zu den Verhaltensregeln gesagt hatte. Aber es war schon eine ganze Weile her, und so fiel ihr im Moment nur ein, dass sie sich so viele Details merken musste wie möglich. Schließlich brauchte die Polizei möglichst viele Hinweise, um die Täter irgendwann zu schnappen.

Viel stärker in Erinnerung geblieben war ihr, dass der arme Junge so stark traumatisiert worden war, dass er noch jetzt, als Fünfzehnjähriger und sechs Jahre später, gelegentlich nachts aufwachte und laut zu schreien begann.

Das werdet ihr Schweine bei mir nicht schaffen, dachte sie, als sie plötzlich Stimmen hörte.

Zuerst glaubte sie, die Leute kämen zu ihr, aber dann entfernten sich die Stimmen wieder, und alles war still. Nun erfasste sie doch, obwohl sie tapfer dagegen ankämpfte, eine heftige Panik. Ihr war danach, laut loszuschreien, aber gleichzeitig war ihre Angst vor diesen Leuten zu groß. Sie setzte sich auf die Pritsche, die man ihr anscheinend hergerichtet hatte, zog die Beine an und umfing sie mit ihren Armen, legte den Kopf darauf und begann still vor sich hin zu weinen.

Nach und nach, der Tränenstrom versiegte langsam und niemand von den Leuten ließ sich sehen, wurde sie wieder ruhiger. Im Dämmerlicht des Raumes sah sie sich erneut um und entdeckte einen kleinen Tisch, auf dem eine Flasche mit Wasser und eine mit Zitronenlimonade stand.

Das war beruhigend und beunruhigend zugleich. Denn sie verstand es so, dass sie ihr wohl nichts antun wollten, sie aber länger hierbleiben musste. Aber wie um Himmels willen war sie hierhergekommen? Sie konnte sich an nichts mehr erinnern. Das Letzte, was sie wusste, war, dass sie sich nach dem Tanz umgezogen hatte und noch mal zur Toilette gegangen war. Von da an fehlte ihr jede Erinnerung.

Erneut schweifte ihr Blick durch den Raum, der zwar etwas muffig roch, aber von irgendwoher mit Frischluft versorgt wurde. Sie spürte den Luftzug deutlich. Ach ja, jetzt sah sie es. Eines der Fenster war einen Spaltbreit offen. Wenn sie es schaffte, dort hochzuklettern, könnte sie um Hilfe rufen. Vielleicht käme ein Passant draußen auf der Straße vorbei und würde sie hören. Dann fiel ihr die Tür zu ihrem Verlies ins Auge. Tür war wohl der falsche Ausdruck, es war mehr ein Bretterverschlag mit deutlichen Ritzen, fast schon Lücken dazwischen. Man hätte hindurchsehen können, wenn es dahinter nicht so dunkel gewesen wäre. Außerdem sah das Gebilde nicht gerade stabil aus.

Chiara stand auf, ging zur Tür und rüttelte daran, aber der erste Eindruck täuschte. Sie saß bombenfest in den Angeln und gab nicht einen Millimeter nach. Sofort schwand ihre Zuversicht, die in den letzten Minuten deutlich gewachsen war, wieder. Sie zog sich auf die Pritsche zurück und starrte gedankenverloren vor sich hin. Der einzige Gedanke, zu dem sie in diesem Moment fähig war, lautete: *Papa, Mutti, Lara, werde ich euch jemals wiedersehen? Bitte, bitte, bitte, holt mich hier raus.*

Wie lange sie in ihrer Schockstarre so dagesessen hatte, hätte sie selbst nicht sagen können, fuhr aber in die Höhe, als ein ziemlich heller Lichtschein durch die Tür in den Raum fiel. Außerdem konnte sie die Stimmen zweier

Männer vernehmen, die sich offensichtlich auf Italienisch unterhielten. Jetzt erwies es sich als nützlich, dass Chiara die Sprache ihrer Eltern nahezu fließend beherrschte. Sie verstand genau, dass einer den anderen wegen des hellen Lichtscheins heftig anfuhr, der nach außen dringen könnte.

Chiara legte sich wieder in ungefähr die Position, in der sie erwacht war, und stellte sich schlafend.

Kurz darauf wurde der Lichtschein schwächer, und die Tür ging auf.

Zwei maskierte Männer schauten zu ihr herein, und der eine sagte leise: »Du hast ihr doch hoffentlich nicht zu viel von der Schlafkur verabreicht? Nicht dass die uns abnippelt. Sie ist nur lebend ein gutes Druckmittel, und außerdem, noch eine Tote, das geht gar nicht. Das mit der Trainerin war was anderes, das sehe ich ein – das war quasi Notwehr. Aber wenn der Kleinen was passiert? Ich hab keine Lust darauf, lebenslang in den Bau zu gehen.«

»Stell dich nicht so an. Solange der Alte glaubt, dass es ihr gutgeht, ist doch alles in Butter. Aber nebenbei gesagt. Der Boss will Partolucci ein Lebenszeichen seiner Tochter geben, damit sie stillhalten. Wir sollen ihm eine Tonaufnahme mit dem Smartphone schicken. Lass sie einen Satz wie: *Mama, Papa, es geht mir gut,* sagen, das reicht.«

»Keine Bildaufnahmen? Das wirkt doch besser.«

»Nee, meinst du vielleicht, ich geh das Risiko ein, dass die doch die Bullen einschalten? Und am Ende erkennt irgendso ein Schlaukopf irgendwas in dem Film und steht plötzlich vor der Tür?«

»Scheiße.«

»Siehst du, es ist besser, wenn ich für uns denke. Bevor du die Aufnahme startest, langst du der Kleinen ordentlich eine. Dann heult sie. Was glaubst du, wie das erst zieht.«

Danach schloss sich die Tür leise wieder, und Chiara war viel zu verängstigt, um sich groß zu rühren. Sie verharrte in ihrer Position, bis, wie sie durch die nicht gerade sauberen Kellerfenster unschwer erkennen konnte, draußen die Abenddämmerung einsetzte.

Old Boy und sein Komplize Marc kamen aus dem Keller wieder nach oben, wo sie einen Raum bewohnbar hergerichtet hatten.

»Mach die Fensterläden zu. Auch wenn hier wahrscheinlich nie jemand vorbeikommt. Aber wir müssen unbedingt vermeiden, auch nur den allerkleinsten Verdacht zu erwecken.«

»Na ja, wahrscheinlich müssen wir das Licht auf der Kellertreppe in der Nacht schon anlassen, damit die Kleine nicht in Panik anfängt rumzuspinnen, wenn sie aufwacht, und alles ist dunkel.«

Old Boy zog anerkennend die Augenbrauen hoch. So viel Umsicht hatte er dem anderen nicht zugetraut.

»Meinst du, nach ihrer letzten Schlafkur wird sie bis morgen durchschlafen?«, fragte Marc, und Old Boy fiel in diesem Moment ein, dass er vergessen hatte, ihr die letzte Betäubungseinheit zu verabreichen, weil er sich mal wieder über Marc aufgeregt hatte. Aber das sagte er besser nicht. Marc sollte gar nicht erst auf die Idee kommen, dass er die Dinge nicht immer so gut im Griff hatte, wie er vorgab.

Plötzlich begann Matteo Cesanos Mobiltelefon zu läuten, und er meldete sich, wie in Italien üblich, mit einem kurzen »Pronto?«.

Normalerweise wäre er überhaupt nicht drangegangen, aber möglicherweise war es sein Chef und wollte ihm neue Instruktionen geben. Stattdessen meldete sich seine Schwester.

»Hallo, bist du das?«, hörte er ihre Stimme.

»Wer sonst?«

»Warum bist du so abweisend? Ich wollte doch nur wissen, ob Marcello zu dir nach Italien gefahren ist.«

»Warum sollte er das tun? Bin ich der Hüter meines Bruders?«

»Ich frag ja nur, weil er schon mehr als vierundzwanzig Stunden nicht nach Hause gekommen ist. Ich mach mir langsam …«

»Lass unserem Bruder doch ein kleines bisschen Luft zum Atmen. Dein ewiges Geglucke nervt auch mich«, unterbrach er seine Schwester kurzerhand und legte auf.

»Was sollte das denn?«, fragte Ivanna Fuhrmann und sah ihren Mann, der neben ihr stand und mitgehört hatte, fragend an.

»Na, dass dein Bruder Matteo nicht der Umgänglichste ist, wissen wir schon länger. Einfach auflegen, wenn er keinen Bock hat, das sieht ihm ähnlich.«

»Ja schon, aber so …«

»Denk nur an unseren letzten Italienurlaub, als wir auf der Heimreise spontan bei ihm vorbeigefahren sind. Jeder andere hätte sich gefreut, seine Schwester nach mehr als zwei Jahren wiederzusehen. Aber er …«

»Erinnere mich nicht daran. Wie er uns mit fadenscheinigen Argumenten abgewimmelt hat, war schon eine Frechheit …«, begann sich Ivanna in Rage zu reden, doch Fabian unterbrach sie: »Komm, lass das Thema ruhen. Wir regen uns sonst wieder zu sehr auf, und das ist die reine Zeitverschwendung.«

»Du hast recht. Aber warum fährt …«

»Dann lass es doch, Schatz.«

»Einen letzten Gedanken noch dazu. Warum sollte Marcello nach Florenz fahren, ohne uns etwas davon zu sagen? Das glaube ich weniger. Aber vielleicht ist Matteo ja hier in Deutschland, und die beiden ziehen durch sämtliche Kneipen.«

»O nein, nicht das auch noch. Matteo bringt es fertig, auch noch bei uns wohnen zu wollen. Trotz allem. Einer von deinen Brüdern reicht mir gerade. Ich hab wirklich nichts gegen Marcello. Er ist ein netter Kerl, und ich war gern bereit, ihm hier bei uns ein Zuhause auf Zeit zu bieten. Aber pflegeleicht ist selbst er nicht. Das musst du zugeben.«

4.

Während sich der Sonntagabend über die Stadt Hofheim am Rande des Taunus senkte, waren Paolo und Lucia Partolucci mit ihren Nerven am Ende. Einen ganzen Tag lang war Chiara jetzt verschwunden, ohne dass etwas geschehen war. Kommissar Stuhlbein hatte sie am Nachmittag angerufen und ihnen mitteilen müssen, dass die Fahndung bisher ergebnislos war. Ansonsten waren Festnetztelefon und Handys stumm geblieben.

Während Paolo weiterhin das Telefon anstarrte, als wollte er es hypnotisieren, hatte sich seine Frau mit wildem, verzweifeltem Eifer in die Hausarbeit gestürzt und sämtliche Küchenschränke blankpoliert.

Gerade als sie mit dem gefüllten Mülleimer nach draußen zur Abfalltonne ging, die neben dem Gartentor in einem Schutzgehäuse untergebracht war, kam Stefanie Mergentheimer vom Besuch einer Freundin zurück. Als sie die sympathische Italienerin erblickte, die nur zwei Häuser neben ihnen wohnte und mit der sie schon oft einige Worte über den Zaun gewechselt hatte, blieb sie kurz stehen, um Hallo zu sagen.

Schon bevor sie auch nur ein Wort gesprochen hatten, merkte Stefanie, die ein feines Gespür für so etwas hatte, dass Lucia irgendwie bedrückt wirkte, sich aber nichts anmerken lassen wollte.

Lucia wiederum stand der Sinn absolut nicht nach einem lockeren Plausch, dennoch entschloss sie sich, näher zu kommen und nach einigen belanglosen Worten zu fragen: »Frau Mergentheimer, Ihr Mann ist doch bei der Polizei, oder?«

»Nicht mehr. Warum, haben Sie ein Problem?«

»Nein, äh, ja, aber dann kann Ihr Mann mir ohnehin nicht helfen.«

»Hm, vielleicht doch. Er arbeitet jetzt für eine Detektivagentur. Die Taunus-Ermittler, in Kelkheim.«

»Sind die gut?«

»Spitzenklasse. Die haben schon ganz schwierige Fälle gelöst. Mein Mann verdient bei denen sogar mehr als vorher als Hauptkommissar bei der Kripo, und das ist wirklich ungewöhnlich. Ich bin richtig stolz auf ihn. Aber lassen Sie ihn das nicht wissen, ich hab ihm nämlich die Hölle heißgemacht, dass er seinen sicheren Beamtenstatus für das Detektivgeschäft aufgegeben hat. – Aber zurück zu Ihnen, was ist passiert?«

Obwohl die Straße jetzt, um neunzehn Uhr, nahezu menschenleer war, sah Lucia Partolucci sich vorsichtig um, bevor sie sagte: »Chiara ist am Samstag bei der Faschingsveranstaltung des Sportvereins aufgetreten.«

»Ja, wir waren auch dort. Was ist geschehen?«

»Man hat ihre Trainerin niedergestochen auf der Toilette gefunden, und Chiara ist seitdem verschwunden.«

»Entführt?«

»Die Polizei zieht es in Erwägung. Sie haben unsere Telefone angezapft, aber es ruft einfach kein Entführer an.«

»Scheiße.«

»Aller...«, begann Lucia, dann brach sie in Tränen aus.

Stefanie Mergentheimer trat kurzerhand durch das Gartentor, nahm die junge Frau in den Arm und ließ sie weinen.

Nach einer Weile sagte sie: »Sollen mein Mann und ich heute Abend mal zu Ihnen rüberkommen? Vielleicht fällt uns etwas dazu ein.«

»Wozu? Die Polizei tappt im Dunkeln. Was kann Ihr Mann da schon ausrichten …«

»Sagen Sie das nicht. Wenn sich die Detektive einklinken könnten, gibt es vielleicht bald Neuigkeiten. Denn eines habe ich gelernt, seit Claus bei denen im Team ist: Die haben zum Teil ganz andere Möglichkeiten als die Polizei.«

Nicht einmal eine Stunde später, die Tagesschau war gerade vorüber, standen Claus Mergentheimer und seine Frau bereits bei den Partoluccis auf der Matte.

Paolo, der mit seinen hängenden Schultern und der düsteren Miene einen fast noch niedergeschlageneren Eindruck als seine Frau machte, geleitete sie ins Wohnzimmer und bot ihnen Platz an.

»Sie … Sie wissen schon …«, begann er stockend, und Claus sagte: »Ja, meine Frau hat mich informiert. Ich bin ganz schockiert und kann gar nicht sagen, wie leid mir das alles für Sie tut. Wenn Sie es wünschen, könnten wir, also meine Detektiv-Kollegen und ich, uns einklinken. Aber die Entscheidung darüber haben letztendlich Sie.«

»Meine Frau hat gesagt, Sie könnten viel mehr als die Polizei erreichen?«, fragte Paolo und sah Claus Mergentheimer hoffnungsvoll an.

»Ich möchte keine falschen Hoffnungen in Ihnen wecken. Aber ja, einiges, was ich als Detektiv tun kann, wäre mir als Beamter verwehrt gewesen. Erzählen Sie doch einmal der Reihe nach, wie Sie diesen Abend erlebt haben. Ich werde dann gleich morgen früh mit meinen Kollegen sprechen. Wenn Sie einverstanden sind, werden wir uns ab morgen früh exklusiv mit Ihrem Fall befassen. Ich denke, ich spreche da auch im Sinne meiner Kollegen.«

»Ja, das bin ich, und meine Frau sicher auch«, sagte Paolo Partolucci und sah seine Frau an, die zustimmend nickte.

Dann brach Lucia Partolucci plötzlich in Tränen aus, murmelte eine Entschuldigung und rannte schluchzend in die Küche hinaus. Paolo dagegen wurde nun ruhiger, erzählte detailliert das Wenige, was sie mitbekommen hatten, und gerade als er geendet hatte, kam Lucia wieder herein.

Sie hatte eine Flasche Barolo und vier Gläser dabei und sagte: »Entschuldigen Sie, aber ich habe Ihnen gar nichts zum Trinken angeboten. Meine Gedanken sind immerzu bei meiner kleinen Chiara.«

»Das ist doch vollkommen normal«, sagte Steffi Mergentheimer verständnisvoll. Die beiden ließen sich ihre Gläser vollschenken und tranken mit den Partoluccis, obwohl sie sich sonst nicht allzu viel aus Rotwein machten.

»Es kann sein, dass ich mit meinen Kollegen morgen noch einmal bei Ihnen vorbeikomme, um das weitere Vorgehen abzustimmen«, sagte Claus. »Wann sind Sie zu Hause?«

»Jederzeit. Ich habe heute Urlaub genommen, und meine Frau arbeitet nur stundenweise. Sie ist ohnehin meist hier.«

Während die vier sich unterhielten, war Chiaras Schwester Lara unbemerkt ins Zimmer getreten und in der Tür stehengeblieben. Sie trug bereits ihren geblümten Schlafanzug, denn sie musste eigentlich um halb neun schlafen gehen.

»Mama, ich kann nicht einschlafen«, sagte sie zu ihrer Mutter. Dann erst bemerkte sie die Mergentheimers und fragte verwundert: »Ihr habt Besuch?«

Da sie genau wie ihre Schwester ein sehr gescheites Mädchen war, hörte man den leisen Vorwurf in ihrer Stimme, der so viel sagte wie: Jetzt, wo Chiara weg ist, gehört sich das wohl kaum.

Aber Paolo hatte es bemerkt und sagte: »Herr Mergentheimer von nebenan ist Detektiv. Er hat uns angeboten, gemeinsam mit seinen Kollegen mitzuhelfen, dass Chiara zurückkommt.«

Da kam Lara, die sonst eher scheu war und lange brauchte, um selbst weitläufigen Bekannten ihrer Eltern zu vertrauen, spontan auf Claus und Steffi zu, fiel ihnen um den Hals und sagte: »Oh, ja, bitte, bitte helfen Sie mit, dass meine Schwester wieder nach Hause kommt. Ich habe solche Angst um sie.«

»Das werden wir ganz bestimmt tun«, sagte Claus. »Aber jetzt kannst du ruhig schlafen gehen. Es ist schon spät.«

Eine halbe Stunde später, die Mergentheimers waren gerade gegangen, da stand Paolo auf, kam zu seiner Frau, die gerade in die Küche gegangen war, umarmte sie und sagte: »Geht es dir auch so wie mir? Ich war vollkommen am Ende, aber jetzt beginne ich wieder zu hoffen.«

»Ja, Schatz. Irgendwie haben die Leute mir einen Teil meiner Zuversicht zurückgegeben.«

»Sonderbar, dass wir mit den Mergentheimers nie viel zu tun hatten, obwohl sie nur zwei Häuser weiter wohnen. Wenn das alles hier gut ausgeht, sollten wir das ändern.«

Keine zwölf Stunden später, die spätwinterliche Morgensonne stand inzwischen deutlich über den Taunusbergen, spitzte sich die Lage um die entführte Chiara deutlich zu.

Die beiden Entführer ließen es sich gut gehen und saßen gerade bei einem ausgiebigen Frühstück in einem der

Zimmer im Erdgeschoss des Bauernhauses. Sie hatten auch Chiara etwas zum Frühstücken gebracht, sich dabei aber eher von ihren eigenen Vorlieben leiten lassen.

Eine Kanne starker Kaffee stand vor ihr auf dem wackligen Holztisch an der Wand, dazu einige Bratwürste und Frikadellen. Chiara hatte inzwischen reichlich Hunger und aß alles, obwohl sie solch deftige Kost von zu Hause nicht gewohnt war; schon gar nicht morgens. Aber was sollte sie tun? *Immerhin ein Lichtblick*, so dachte sie sich, *sie lassen mich nicht einfach in diesem Loch verrotten.*

Das war nun schon die zweite Nacht, die sie hier in diesem Kellerraum zugebracht hatte, und wer weiß, wie viele noch folgen würden. Von Onkel Luigi wusste sie, dass Entführungen in Italien oft sehr lange dauerten. Der Junge, von dem er erzählt hatte, war drei Monate lang in der Hand der Entführer gewesen.

Auf einmal durchzuckte sie ein Gedanke, der ihr das Blut in den Adern gefrieren ließ. Die Eltern dieses Jungen waren reich gewesen, aber bei ihren Eltern war nicht viel zu holen. Sie wusste zwar nicht, wie viel ihr Vater als Küchenchef in einem der besten italienischen Lokale Frankfurts verdiente, aber ihre Mutter musste seit zwei Jahren stundenweise im italienischen Supermarkt in Kelkheim mitarbeiten, um das Haus abbezahlen zu können. Denn dass noch ein riesiger Kredit auf ihrem Haus lastete, das hatte das gescheite Mädchen bereits mitbekommen.

Aber was wollen die dann von Papa?, fragte sie sich unentwegt, und ohne es recht zu merken, hatte sie das ganze fettige Zeug, wie sie es nannte, auch schon verspeist.

Old Boy und Marc fühlten sich, als die Morgensonne durchs Fenster schien, fast wie im Urlaub. Das waren sie ja auch beinahe, denn außer darauf zu achten, dass die Kleine ihnen nicht davonrannte, hatten sie nichts zu tun. Glaubten sie.

Plötzlich wurden draußen vor dem Haus Stimmen laut. Es war etwas geschehen, was sonst eigentlich nie vorkam. Eine Gruppe Wanderer kam so dicht am Haus vorbei, dass den beiden Entführern fast ihr Frühstück im Hals stecken blieb.

Sie eilten ans Fenster, doch die Wanderer, es waren vier, zogen unbeirrt weiter. Gerade als sie sich wieder niederlassen wollten, kam ein weiteres Grüppchen, dieses Mal drei Leute, vorbei, und das ging noch dreimal so weiter. Endlich schien die letzte Gruppe durch zu sein, und es kehrte wieder Ruhe ein.

»Glück gehabt«, sagte Old Boy, und Marc fragte grinsend: »Wir oder die?«

»Beide. Wäre scheiße gewesen, wenn die uns entdeckt hätten.«

Dazu machte er eine Handbewegung quer zum Hals, die keine Fehlinterpretation zuließ.

Da klopfte es ans Fenster.

Augenblicklich fuhren die Männer herum und entdeckten draußen einen älteren Herrn, der offenbar ebenfalls zu der Wandergesellschaft gehörte und nun mit schmerzverzerrtem Gesicht zum Fenster hineinspähte.

Old Boy winkte ihm zu, er solle reinkommen, was der Mann humpelnd tat.

»Was ist Ihnen denn passiert?«

»Ich bin umgeknickt. Hab aufgegeben. – Aber wer sind denn Sie? Ich dachte, dieser Hof wäre seit Jahren unbewohnt.«

»In Zukunft nicht mehr«, sagte Old Boy, »wir sind die Handwerker, die hier die Renovierung vorbereiten.«

»Ah ja. Könnten Sie mich bitte zur nächsten Haltestelle fahren, damit ich mit dem Bus nach Hause kann? Und darf ich mich einen Moment lang setzen? Mein Fuß schmerzt höllisch.«

»Klar doch. Ich kann Sie aber auch nach Hause bringen. Wo wohnen Sie denn? – Vielleicht kann Ihre Frau Sie auch abholen?«

»Ich lebe allein in Bad Camberg.«

Prima, dachte Old Boy und fragte: »Wissen Ihre Wanderkollegen Bescheid, dass Sie heute nicht mehr kommen?«

»Ja, ich bin schon abgemeldet«, sagte der Mann gerade, verzog das Gesicht erneut vor Schmerzen und kippte den Schnaps, den Old Boy ihm in der Zwischenzeit eingeschenkt hatte, in einem Zug die Kehle hinunter.

»Warum sprechen Sie eigentlich so leise? Sie flüstern ja fast schon«, sagte der Wanderer. Doch statt einer Antwort drang ein lautes Poltern aus dem Keller zu ihnen herauf. Dazu war es ihm, als hätte er den Hilferuf eines Kindes gehört.

Ohne Rücksicht auf seinen schmerzenden Fuß sprang der Wanderer auf, fuhr zu den beiden Entführern herum und fragte scharf: »Was ist hier los? Da stimmt doch …«

Noch bevor der Mann seinen Satz beenden konnte, sauste der dicke Holzknüppel auf seinen Kopf herunter.

Auch Chiara hatte die ziemlich weit auseinandergezogenen Gruppen von Wanderern gehört, die lautstark palavernd am Haus vorüberzogen waren. Im ersten Impuls sprang sie von ihrem Lager auf und wollte sich bemerkbar machen, aber instinktiv ahnte sie, dass es bestimmt ein Fehler wäre, laut um Hilfe zu rufen. Zum einen waren die Leute ziemlich weit weg und zudem vielleicht zu sehr mit sich selbst beschäftigt, um sie zu hören. Zum anderen wusste sie nicht, wie ihre Entführer darauf reagieren würden. Bis jetzt hatten die Kerle sie einigermaßen gut behandelt. Doch das würde sich danach ganz bestimmt ändern.

Verzweifelt sank Chiara auf ihre Pritsche zurück, wurde aber kurz darauf erneut hellhörig. Ihr war, als hätte jemand an ein Fenster geklopft. Da von der Kellertreppe her Licht in den Kellerverschlag drang, musste die Tür zum Erdgeschoss offen sein. Gerade als sie um Hilfe rufen wollte, wurde es draußen im Flur dunkel und eine Tür fiel ins Schloss. Zu spät.

Dennoch trat sie ganz dicht an den Türverschlag heran und lauschte angestrengt in die Dunkelheit. Ihr war, als ob im Erdgeschoss eine angeregte Unterhaltung im Gange war. Das war ihre Chance.

Mit aller Kraft warf sie sich gegen den Türverschlag und schrie, so laut sie konnte, um Hilfe. Erst als sie nicht mehr konnte, hielt sie inne und lauschte wieder. Aber oben blieb alles ruhig.

Der Wanderer lag regungslos auf dem Boden, und Blut sickerte aus einer klaffenden Wunde an seinem Schädel. Die Augen starrten kalt ins Leere.

»Was hast du getan?«, flüsterte Marc entsetzt, und Old Boy antwortete kalt: »Was getan werden musste. Heuchele jetzt nicht Entsetzen, hilf mir lieber, ihn so zu verpacken, dass hier nicht alles eingesaut wird. Wickle ihm ein Handtuch um den Kopf und sieh zu, dass ordentlich Blut drankommt. Das brauchen wir, um falsche Spuren zu legen.«

»Hast du schon einen Plan?«

»Klar doch. Im Gegensatz zu dir konfusem Huhn habe ich immer einen parat. Was meinst du wohl, warum ich ihn ausgefragt habe?«

»Du hattest schon von vornherein vor, es zu tun?«

»Was sonst. Wir können nicht riskieren, dass er quatscht. Oder meinst du vielleicht, ich will fünfzehn Jahre im Knast verschwinden?«

»Was hast du vor?«

»Lass dich überraschen. Nur so viel: Sobald es dunkel ist, bringen wir ihn hier weg. Wir werden etwas Schönes inszenieren, was die Bullen auf eine ganz falsche Fährte lockt. Dazu brauchen wir unbedingt das blutige Handtuch.«

»Du weißt wohl immer genau, was zu tun ist?«, fragte Marc bewundernd, und Old Boy, der glaubte, wieder Herr der Lage zu sein, sagte reichlich großspurig: »Ja, fast immer. Lass mich das nur machen.«

»Und die Kleine? Was machen wir mit ihr, während wir fort sind?«

»Schlafen schicken.«

»Für … für immer?«

»Im Moment noch nicht. Immerhin haben wir hier einen Auftrag zu erfüllen. Aber wenn es nötig werden sollte, warum nicht? Wir haben ohnehin nichts mehr zu verlieren.«

Um die Mittagszeit trafen Claus, Peter, Stefan und Annika bei den Partoluccis ein.

Bei ihrer morgendlichen Besprechung in der Detektei hatte Claus den anderen berichtet, was er am Vorabend erfahren hatte, und Stefan hatte sofort gesagt: »Klar sind wir dabei.«

Sie hatten allerdings auslosen müssen, wer den Telefondienst übernimmt, denn auch Verena wäre gerne mitgekommen. Eigentlich war es Stefan gewesen, der zu Hause hätte bleiben sollen, aber als Verena in Stefans enttäuschtes Gesicht gesehen hatte, hatte sie geflunkert: »Fahr du mal, ich bleib lieber hier. Das Ganze erinnert mich zu sehr an meine eigene Entführung[2]. Ich könnte derweil einmal mit Jörg Stuhlbein telefonieren.«

»An sich eine gute Idee, aber lass das lieber erst mal, bis wir mehr wissen.«

Dann waren sie gefahren.

Nun saßen sie bei den Partoluccis im Wohnzimmer und hatten sich vorgestellt, da fragte Paolo erstaunt: »Sie arbeiten zu viert?«

»Sogar zu fünft. Meine Frau hält die Stellung im Büro«, sagte Stefan nicht ohne Stolz.

»Okay, wie werden Sie weiter vorgehen?«, fragte Lucia, und Peter gab zurück: »Ist Ihnen noch irgendetwas eingefallen, was man als Hinweis werten könnte?«

»Leider nicht«, sagte Paolo. Gerade da kam Lara ins Zimmer, und fast ohne ihre sonst übliche Scheu sagte sie: »Ich weiß nicht, ob es wichtig ist …«

»Alles kann wichtig sein, und wenn es noch so nebensächlich erscheint. Du kannst es uns ruhig erzählen«, sagte Claus einfühlsam. »Setz dich doch am besten zu uns.«

Lara, die ihrer Schwester, außer dass sie zwanzig Zentimeter kleiner war, zum Verwechseln ähnlich sah, fühlte sich von den Detektiven ernst genommen und begann zu erzählen: »Da war ein Mann …«

»Wo!«, sagte Paolo so unvermittelt und scharf, dass die Kleine ihren Vater erschrocken ansah, augenblicklich verstummte und nun doch wieder ängstlich in die Runde blickte. Erst das gute Zureden von Annika brachte sie erneut zum Reden.

---

2 Vgl. Die Taunus-Ermittler, Band 4 – Wo ist Verena?

»Unten, wo es von den Umkleiden zur Toilette geht.«

»Was hast du denn da gemacht? Da waren doch nur die Tänzerinnen. Hast du die Toilette gesucht?«, fragte Peter.

»Nein, natürlich nicht. Ich weiß doch, dass die Toiletten für die Besucher oben sind. Chiara hatte ihre Haarbänder vergessen, und ich wollte sie ihr bringen. Aber ich habe mir gedacht, dass der Mann vielleicht die Toiletten sucht. Denn ich hatte den Eindruck, er wollte mich ansprechen. Als ich ihn dann angesehen habe, hat er nur gelächelt und sich abgewandt. Mir ist ganz schön mulmig geworden. Da bin ich schnell wieder nach oben gegangen.«

»Das hast du gut gemacht«, sagte Claus, und Paolo nickte.

»Weißt du noch, wie der Mann ausgesehen hat?«, fragte Peter, und Lara antwortete unsicher: »Nein, irgendwie … irgendwie … weiß nicht.«

»Okay, macht nichts. Fällt dir sonst noch was ein, was uns helfen könnte?«, fragte nun Annika, und nach einigem Zögern antwortete sie: »Ich weiß nicht, ob das wichtig ist.«

»Alles kann wichtig sein, Lara, auch die kleinste Kleinigkeit«, redete nun Stefan der Kleinen gut zu, und so erzählte sie: »Michelles Vater hat den ganzen Abend lang Unmengen an Fotos gemacht. Außerdem hatte er noch einen anderen Apparat in der Hand. Ich glaube, das war eine Filmkamera.«

Peter, Stefan und Claus fuhren elektrisiert in die Höhe, und Lucia nahm ihre Tochter spontan in den Arm, als sie sagte: »Stimmt. Das habe ich auch gesehen.«

»Dann nichts wie hin zu ihm«, sagte Annika. »Diese Filme müssen wir unbedingt ansehen. Vielleicht ist unser Mann da drauf.«

Bei den Küblers hing der Haussegen wieder einmal gehörig schief. Erika machte ihrem Mann das Leben zur Hölle, weil sie schon seit einiger Zeit das Gefühl nicht mehr loswurde, ihr Gatte wäre im zweiten Frühling angekommen. Seitdem ihr Ältester ausgezogen war und auf eigenen Füßen stand, fühlte die Fünfzigjährige sich nicht mehr richtig ausgelastet und hatte zu viel Zeit zum Grübeln. Nachdem dann auch noch diese deutlich jüngere und attraktive Sekretärin bei ihrem Mann angefangen hatte, geriet sie hin und wieder aus der Fassung.

»Hör bitte endlich mit deinem Gezeter auf. Es läuft nichts mit meiner Sekretärin! Dein Verdacht ist einfach nur lächerlich!«, sagte Siegfried Kübler scharf zu seiner Frau.

»Ach so? Ich hab genau gesehen, wie du sie in den Arm genommen hast.«

»Das stimmt ja auch. Ich …«

»Na, also. Gibst du es endlich zu?«

»Nein, weil da nichts ist. Außerdem hat Frau Weidner im Moment ganz andere Sorgen. Wenn du mich einmal ausreden ließest, könnte ich dir …«

»Also gut, red schon. Du hast drei Minuten.«

»Deine ewige Eifersucht geht mir derart auf die Nerven, dass …«

»Komm zum Punkt. Zweieinhalb Minuten.«

»Du weißt doch sicher noch, wie am Samstagabend die Faschingsveranstaltung geendet hat, oder?«

»Hältst du mich für verblödet? Aber was hat ein läppischer Rohrbruch im Keller mit deiner Sekretärin zu tun? War sie es etwa?«

»Ach was, der Rohrbruch, das war doch nur eine Ausrede. Mareike hat mir unter Tränen erzählt …«

»Ach, Mareike, so weit seid ihr also schon. Zwei Minuten.«

»Mein Gott. Frau Weidners Schwester liegt seitdem in

der Frankfurter Uniklinik, und keiner weiß, ob sie durchkommen wird.«

»Ihre Schwester? Was hat die denn nun schon wieder damit zu tun? Vögelst du die auch noch?«

»Nein, natürlich nicht. Ihre Schwester heißt Ingrid Kramer.«

»Wie bitte? Die Trainerin unserer Tochter? Aber wieso liegt sie im Koma? Am Samstag war sie noch putzmunter. Was ist das schon wieder für ein haarsträubender Unsinn?«

»Leider keiner. Sie ist in der Toilette bei den Umkleideräumen niedergestochen worden, und Chiara Partolucci ist seitdem verschwunden. Die Polizei hält das offiziell noch geheim.«

»Und nur Frau Weidner weiß davon?«, fragte Erika Kübler nachdenklich.

»Der Kommissar konnte es ihr schlecht verheimlichen, aber sie sollte es mir natürlich nicht sagen.«

»Und warum hat sie?«

»Sie wollte zuerst nicht, aber als sie am Schreibtisch plötzlich in Tränen ausgebrochen ist und ich sie getröstet habe, hat sie mir alles erzählt.«

Erika Kübler schien noch immer nicht vollkommen überzeugt zu sein, dass ihr Mann ihr auch wirklich die Wahrheit sagte, aber als wenige Minuten später die Detektive anriefen und fragten, ob die beiden sich mit ihnen über den Samstagabend unterhalten würden, gab sie erst einmal klein bei.

Nicht einmal eine halbe Stunde später waren die Detektive bei ihnen. Claus war allerdings nicht mitgekommen, er war stattdessen ins Büro gefahren, um Verena am Telefon zu vertreten. Sie wartete bereits sehnsüchtig auf Ablösung, da sie mit ihren Zwillingen nach dem Mittagessen einen Arzt-termin hatte und die Zeit langsam knapp wurde.

Stefan, Peter und Annika stellten sich den Küblers vor, erklärten ihnen, worum es ging, und begannen die von den Küblers aufgenommenen Bilder und Filme durchzusehen.

Nach einer Weile sagte Peter in die Runde: »Das Material ist wirklich von guter Qualität, aber so bringt das rein gar nichts. Da steht keinem das Wort Entführer auf die Stirn geschrieben. Wir müssten Lara Partolucci die Bilder und Filme ansehen lassen, denn nur sie hat diesen Mann gese-hen, der sich so verdächtig benommen haben soll. Auch wenn sie ihn nicht mehr wiedererkennt oder sich vielleicht etwas eingebildet hat, wir müssen es unbedingt versuchen. Es ist unsere einzige Chance, einen kleinen Zeitvorteil her-auszuholen. – Können wir die Sachen mitnehmen?«

»Aber klar«, sagte Siegfried Kübler. »Ich kann Ihnen gleich alles auf einen USB-Stick ziehen.«

»Das wäre wunderbar, danke«, sagte Stefan so schnell, dass Peter und Annika nur noch zustimmend nicken konn-ten.

Nach Übergabe der Daten verabschiedeten sich die De-tektive und fuhren ins Büro zurück.

In Hofheim im Hause Partolucci war unterdessen die helle Aufregung ausgebrochen. An diesem Tag fand Lucia ein weißes Couvert im Briefkasten. Es war regulär per Post ver-schickt worden, aber ohne Absender, und die Adresse stand in Druckbuchstaben darauf. Sie rannte mit dem Brief, so schnell sie konnte, ins Haus zu ihrem Mann.

Paolo, der erst einmal Urlaub genommen hatte, saß im Wohnzimmer neben dem Telefon, das nach wie vor stumm blieb. Als seine Frau ihm aufgeregt mitteilte, was passiert war, riss er ihr den Umschlag aus der Hand, öffnete ihn mit zittrigen Fingern, holte ein gefaltetes Blatt Papier heraus und las:

200.000 Euro – oder ihr seht eure Tochter nie wieder.
Keine Bullen – Wir melden uns.

»O nein«, stammelte Lucia, und Paolo, dem es fast die Kehle zuschnürte, sagte: »Das Geld würden wir schon irgendwie auftreiben, und wenn wir das Haus verkaufen müssen. Aber wir haben immer noch kein Lebenszeichen von ihr.«

Lucia brach völlig zusammen und begann laut zu jammern: »Wie sollen wir das nur schaffen, ich will mein Kind wiederhaben!« Paolo dagegen fand die Fassung wieder und sagte: »Zuerst rufen wir die Detektive an, dann fahren wir zur Polizei und zeigen ihnen diesen Brief.«

»Nein, nein!«, schrie Lucia, beinahe panisch, »du hast doch gelesen: Keine Polizei. Die bringen mein Kind glatt um.«

»Wir können die Polizei nicht ganz außen vor lassen, das wäre unverantwortlich. Aber wir sprechen zuerst mit den Detektiven.«

Peter, Stefan und Annika waren erst wenige Minuten im Büro und wunderten sich, dass Claus nicht da war. Plötzlich begann das Telefon auf Peters Schreibtisch zu läuten, und als er abnahm, tönte ihnen Claus' Stimme entgegen.

Peter ließ seinen Freund und Kollegen gar nicht erst zu Wort kommen und fragte unwirsch: »Wo geisterst du denn schon wieder herum? Du weißt doch, dass hier im Büro das Telefon unbeaufsichtigt …«

Aber Claus unterbrach ihn: »Ich weiß, ich bin auf dem

Weg zu den Partoluccis. Die Entführer haben sich gemeldet. Kommt auch.«

Das hatte gesessen.

Peter sagte nur kurz: »Okay«, dann hängte er ein. Zu den anderen beiden sagte er: »Auf nach Hofheim, es kommt Bewegung in die Sache.«

Keine fünfzehn Minuten später trafen Peter und Stefan vor dem Haus der Partoluccis ein, wo sie auf Claus trafen, der noch kurz bei sich zu Hause gewesen war und nun die wenigen Schritte herüberkam. Annika war im Büro zurückgeblieben, damit Verena sich nicht ganz abgehängt fühlte.

Sie läuteten und folgten Paolo Partolucci ins Wohnzimmer, wo sie auf Lucia trafen. Wortlos hielt sie ihnen den Brief entgegen, und Claus tütete ihn in eine Plastikhülle ein.

»Haben Sie den Brief schon öfters angefasst?«, fragte er.

»Ja, wie … ach so, wegen der Fingerabdrücke«, sagte Paolo schuldbewusst, »da haben wir in dem Moment gar nicht dran gedacht. Wir hatten ihn bestimmt schon zehn Mal in der Hand und gelesen.«

»Macht nichts«, sagte Peter, »wenn die Ganoven nicht ganz blöde sind, gibt es ohnehin keine zu finden.«

Dann nahm er die Plastikhülle und las den knappen Text.

»Die Summe ist ja eher klein.«

»Herr Stettner, sie ist groß genug, um uns in ernsthafte Schwierigkeiten zu bringen. Um sie auch nur annähernd aufzubringen, müssen wir vermutlich unser Haus verkaufen«, sagte Paolo Partolucci schroff.

Peter sah Herrn Partolucci verwundert an, und fragte: »Haben Sie in der Vergangenheit vielleicht irgendwo den Anschein erweckt, vermögend zu sein?«

»Wohl kaum. Wir leben ziemlich zurückgezogen und haben unsere Kinder zur Bescheidenheit erzogen.«

»Entschuldigen Sie, ich wollte Sie nicht beleidigen, aber wir müssen das Motiv für die Entführung finden. Denn die Summe ist für das Risiko, das die Entführer bis jetzt eingegangen sind, und für den versuchten Mord an der Trainerin einfach zu gering.«

»Was soll denn das heißen?«

»Da gibt es mehrere Möglichkeiten«, sagte Stefan. »Die erste, dass irgendjemand Ihre Vermögensverhältnisse falsch eingeschätzt hat, haben wir nun bereits beinahe ausgeschlossen. Die zweite ist aber auch ungleich schlimmer.«

»Welche denn?«, fragte Paolo erschrocken.

»Szenario Nummer zwei ist, dass ein Amateur, der selbst unter finanziellem Druck steht, also unter seiner eigenen Schuldenlast fast zusammenbricht, in einer Art Verzweiflungsakt irgendein Mädchen entführt hat«, erklärte ihm nun Claus. »Dann müssen wir ihn aber bald finden, denn wenn er erst durchdreht ...«

»Mein Gott!«, stöhnte Lucia Partolucci auf, und Peter beruhigte sie: »Aber auch das halte ich für weniger wahrscheinlich. Möglichkeit drei kommt da schon sehr viel eher infrage. Irgendjemand aus Ihrem näheren oder auch entfernten Bekanntenkreis, vielleicht sogar aus dem Ihrer Töchter, kann Sie recht genau einschätzen und will Sie entweder auspressen bis zum Letzten oder sogar fertigmachen. Könnte es da jemanden geben?«

»Ich weiß es wirklich nicht.«

»Okay, schreiben Sie uns eine Liste all Ihrer Bekannten und der Freundinnen Ihrer Töchter auf. Wir werden nicht umhinkommen, alle diese Familien zu überprüfen. Je schneller wir damit beginnen können, umso besser.«

»Gleich, wenn Sie weg sind, werden wir uns hinsetzen und alle Namen und Adressen notieren. Herr Mergentheimer, ich denke, Sie haben die Liste noch heute Abend auf Ihrem Rechner.«

»Sehr gut. Damit kommen wir zur vierten und letzten Möglichkeit, die wir in Erwägung ziehen müssen.«

»Welche denn?«

»Dass die Lösegeldforderung, die mir nach wie vor erstaunlich niedrig scheint, nur ein Vorwand ist, um vom eigentlichen Grund der Entführung abzulenken«, sagte Peter. »Ich denke in dem Zusammenhang an Werksspionage. Sind Sie Geheimnisträger? Was ist Ihr Beruf?«

Obwohl es ihm wirklich mies ging, musste Paolo Partolucci kurz grinsen, bevor er sagte: »Geheimnisträger vielleicht, aber wegen eines neuen Kochrezepts entführt doch niemand meine Tochter. Ich habe noch während meines BWL-Studiums meine wahre Leidenschaft, das Kochen, entdeckt. Heute bin ich Küchenchef im *Da Alfredo*, in Frankfurt auf dem Römerberg. Ich habe zwei Köche, drei Beiköche und vier Spülhilfen unter mir. Wir sind zwar ein sehr exklusives Lokal, aber …«

»… für eine Entführung reicht das vermutlich nicht aus. Da gebe ich Ihnen recht. Dennoch werden wir auch in diese Richtung ermitteln.«

Nachdem alles besprochen war, verabschiedeten sich die Detektive und wollten gerade gehen, als Stefan noch einmal stehen blieb und sagte: »Ach ja, beinahe hätten wir es vergessen. Der Vater von Michelle hat uns seine Filmaufnahmen und Fotos vom Tatabend zur Verfügung gestellt. Könnten Sie mit Ihrer Tochter morgen zu uns in die Detektei kommen? Lara kann sich dann das Material ansehen und sagen, ob der Mann, den sie gesehen hat, darauf ist.

Mit einigen technischen Tricks, die wir dort zur Verfügung haben, holen wir vielleicht etwas mehr aus den Aufnahmen raus.«

5.

In der kleinen Stadt bei Florenz verlief der Tag vielleicht noch turbulenter als im Taunus, denn die immer näher rückende Bürgermeisterwahl warf ihre Schatten voraus. Eigentlich hatte sich Luigi Partolucci auf die heiße Phase des Wahlkampfes gefreut und war bereit, mit seinen Widersachern gnadenlos ins Gericht zu gehen. Aber der Anruf seines Bruders am Sonntagnachmittag hatte ihm den Spaß daran gründlich verdorben. Paolo hatte ihm unter Tränen erzählt, dass Chiara entführt worden sei und sie noch immer nichts von den Entführern gehört hatten. Da hatte ihn ein schrecklicher Verdacht beschlichen und seitdem nicht mehr losgelassen.

Er hatte die ganze Nacht kein Auge zugetan und war am Morgen müder aufgestanden, als er zu Bett gegangen war. Kein Wunder, liebte er die beiden Kinder seines Bruders doch so, als wären es seine eigenen. Ihm und seiner Frau war der Kindersegen leider verwehrt geblieben.

Als er am Morgen ins Büro kam, erkannte seine Sekretärin Laura sofort, dass mit ihm etwas nicht stimmte. Nach einigen Jahren in seinem Vorzimmer kannte sie ihn fast besser als seine eigene Frau.

Dieses Musterbeispiel an Korrektheit war doch tatsächlich zehn Minuten zu spät gekommen, ohne zu grüßen, direkt in sein Büro gestürmt und ans Fenster getreten. Kurz darauf hatte die Zugluft die Zimmertür mit einem lauten Rumms ins Schloss gedrückt.

Dort, am Fenster, stand er noch immer, als sie einige Minuten später das Büro betrat und vorwurfsvoll fragte: »Wie wollen Sie Ihren Kaffee heute Morgen? Ich habe Sie schon zweimal gefragt, ohne Antwort zu bekommen.«

Luigi Partolucci drehte sich wie in Zeitlupe zu ihr um, starrte sie einige Sekunden lang an, als ob er den Sinn ihrer Worte nicht verstanden hätte, und sagte dann langsam: »Oh, Entschuldigung, mir geht es heute nicht so gut.«

»Kann ich Ihnen irgendwie helfen?«

»Nein, ich hab nur verdammt schlecht geschlafen. Der Wahlkampf nimmt mich viel mehr mit, als ich mir das jemals gedacht hätte. Was hatten Sie mich eigentlich gefragt?«

»Wie Sie Ihren Kaffee haben möchten.«

Luigi, dessen Kaffeevorlieben oftmals mit seiner Stimmung wechselten, sagte nur: »Stark, sehr stark, und schwarz.«

»Okay, mach ich«, sagte sie und verschwand.

Luigi ließ sich unterdessen an seinem Schreibtisch nieder. *Ich weiß schon, wem Chiara und ihre Familie das zu verdanken hat*, dachte er. *Ihr wollt in Wirklichkeit mich damit treffen. Unter Druck setzen wollt ihr mich und habt dabei das effektivste Mittel gewählt, das ihr finden konntet. Alle Achtung, ihr seid wirklich noch sehr viel größere Arschlöcher, als ich das jemals für möglich gehalten hätte.*

Er wusste nicht, wie lange er so dagesessen hatte, doch plötzlich klopfte es, und die auffallend hübsche Erscheinung seiner Sekretärin riss ihn aus seinen Betrachtungen. Sie trug ein Tablett vor sich her, auf dem neben einer großen Tasse Kaffee auch ein Teller mit Kuchen stand. Sie wusste genau, wie sehr er das Gebäck aus der Konditorei gegenüber schätzte.

»Danke, das haben Sie gut gemacht«, sagte er, und Laura lächelte ihn an, bevor sie verschwand.

Als sie die Tür hinter sich geschlossen hatte, musste auch er lächeln, obwohl ihm gar nicht danach zumute war. Aber er wusste, dass Laura seit dem ersten Tag, an dem sie für ihn arbeitete, in ihn verliebt war, und das schmeichelte ihm. Seine Frau mit ihr zu betrügen wäre ihm jedoch nie in den Sinn gekommen, denn genau wie im Berufsleben war er auch privat zu einhundert Prozent loyal und zuverlässig.

Doch dann verschwand das Lächeln genauso plötzlich aus seinem Gesicht, wie es gekommen war. Was sollte er nur tun? Am liebsten würde er nach Deutschland fahren und seinem Bruder in dieser schweren Zeit beistehen. Aber konnte er seine Frau mitnehmen? Wenn man am Ende gar einen Anschlag auf ihn plante, wäre sie hier, zu Hause, sicherer als in seiner Nähe. Aber allein zurücklassen? Das gefiel ihm auch nicht. Zumal sie wusste, was geschehen war. Außerdem müsste er den Wahlkampf sausen lassen …

Er grübelte noch eine ganze Weile, kam aber zu keinem Schluss. Als das Druckgefühl unerträglich groß wurde, stand er auf, warf seinen Mantel über, ging ins Vorzimmer und sagte zu der Sekretärin: »Laura, ich gehe nach Hause. Ich bin heute ohnehin zu keiner vernünftigen Arbeit fähig. Sagen Sie alle Termine für heute Nachmittag ab, schreiben die beiden E-Mails, die ich Ihnen am Freitag entworfen habe noch, und versenden sie, so schnell es geht. Dann können nen auch Sie Feierabend machen.«

Am Nachmittag berieten die Detektive in versammelter Runde, wie sie weiter vorgehen sollten.

»Zuerst einmal müssen wir mit Kristin Dietrich sprechen«, sagte Stefan.

»Außerdem müssen wir den Tatort inspizieren, sobald unsere lieben ehemaligen Kollegen ihn freigegeben haben. Davon verspreche ich mir eine ganze Menge.«

»Stimmt, Peter«, sagte Claus, um dann nachdenklich hinzuzufügen: »Aber irgendwie fehlt mir noch ein neuer Ansatz.«

»Wenn ich mal etwas dazu sagen dürfte …«, begann Verena, aber Peter unterbrach sie schnell: »Zier dich nicht, immer raus mit den Ideen. Egal was es ist, es kann gar nicht so verkehrt sein, als dass es unbrauchbar wäre.«

»Wir gehen doch davon aus, dass das Versteck der Entführer irgendwo in der Umgebung ist, oder?«

»Ja, schon. Aber was willst du damit sagen?«

»Vielleicht sollten wir versuchen, uns in die Entführer hineinzuversetzen, um herauszufinden, wo dieses Versteck sein könnte. Vielleicht mittels Luftaufnahmen …«

»Verena, du bist ein Genie!«, rief Peter. »Dass ich da nicht schon selbst draufgekommen bin. Man merkt, dass du meine Nichte bist.«

»Was habe ich denn gesagt?«, fragte Verena verwundert, und Peter antwortete: »Klar, dass wir uns um den Entführungsort kümmern müssen, zumal wir im Moment keine Idee haben, wer dahintersteckt. Das mit den Luftaufnahmen ist allerdings erst der zweite Schritt. Wir haben doch noch unseren guten alten Olli. Ich werde jetzt gleich mit ihm telefonieren und ihn darauf ansetzen, sämtliche Zeitungen, Polizeiberichte und andere Quellen anzuzapfen, um alles herauszuziehen, was sonderbar genug klingt, um mit der Entführung in Verbindung zu stehen. Denn dass die Entführer, und ich gehe von mehreren aus, so gar keine Spuren hinterlassen, kann ich mir nicht vorstellen. Claus, rufst du bitte inzwischen den Hallenwart an, ob wir an den Tatort können, ich spreche mit Olli. Dann fahren wir zu Kristin Dietrich.«

Nicht einmal zwanzig Minuten später waren sie unterwegs nach Hofheim in die Sindlinger Straße. Die beiden Frauen waren zu Hause geblieben, denn auf sie würde in den nächsten Tagen noch genügend Arbeit zukommen. Claus saß am Steuer seines neuen Privatwagens, mit dem er den zivilen ausrangierten Polizeiwagen, den er vor vielen Jahren übernommen hatte, endlich ersetzt hatte.

»Schön, dass morgen früh die Freigabe der Halle durch die Polizei erfolgt. Dann können wir morgen Mittag schon alles unter die Lupe nehmen«, sagte Peter, als sie gerade auf der Zeilsheimer Straße in Höhe der Polizeiwache an die Abzweigung in den Schmelzweg kamen, der die Stadtgrenze zu Kriftel darstellt.

Gerade als Claus abbiegen wollte, kam ein Wagen der Hofheimer Kripo vom Polizeigelände gefahren und reihte sich hinter ihnen ein. Barbara Seeger, die am Steuer saß, hatte ihren ehemaligen Kollegen trotz des neuen Wagens sofort erkannt, und winkte ihm zu.

Während Claus freundlich grüßte, brummte Peter: »Scheiße.«

Stefan und Claus sahen ihn fragend an, und Peter sagte: »Die müssen nicht wissen, dass wir mitmischen. Fahr erst mal an der Sindlinger vorbei, halt an der Kreissporthalle und gib deinen ehemaligen Kollegen Zeichen, das ebenfalls zu tun.«

»Wieso das denn?«

»Das wirst du schon sehen.«

Obwohl Claus kein Verständnis für die Geheimniskrämerei seines Freundes hatte, tat er ihm den Gefallen, und Barbara Seeger brachte ihren Wagen ebenfalls auf dem Parkstreifen zum Stehen.

Nachdem die Begrüßungszeremonie mit Claus so überschwänglich ausgefallen war, als wenn sie sich seit Jahren nicht gesehen hätten, fragte Peter ganz beiläufig: »Na, wohin des Wegs?«, bekam aber von Kriminalkommissar Hans Heisslitz die knappe Abfuhr: »Tut mir leid, Dienstgeheimnis.«

Stattdessen fragte Kommissarin Seeger ebenso beiläufig: »Und ihr?«

Trotzdem war den Detektiven die mühsam verborgene Neugier in ihrer Stimme aufgefallen, die so viel sagte wie: »Seid ihr auch in dieser Sache unterwegs?«

Deshalb sagte Peter, der selten um eine Ausrede verlegen war: »Wir wollen gerade in die Altstadt, einen Tisch beim Griechen für nächste Woche reservieren.«

Barbara Seeger, die ebenfalls nicht auf den Kopf gefallen war, entgegnete: »Sonst geht ihr doch immer in Kelkheim.« Doch nun konterte Stefan: »Ein bisschen Abwechslung tut manchmal gut.«

Was sollte sie da noch sagen? Freundlich verabschiedeten sich die beiden Beamten, stiegen ein und fuhren in Richtung der großen Maschinenfabrik davon.

»Warum hast du so ein Geheimnis daraus gemacht, dass wir hier ermitteln?«

»Weil ich es im Moment, ganz besonders, solange wir nicht in der Halle waren, für besser halte, wenn deine ehemaligen Kollegen nicht ahnen, dass wir mit von der Partie sind. Vor allem der neue Kriminalrat, dem ich im Übrigen nicht so recht traue, braucht das erst zu wissen, wenn wir Erfolge vorweisen können.«

Luigi Partolucci kam völlig niedergeschlagen aus dem Parteibüro nach Hause, und dass er auf der Türschwelle einen Briefumschlag mit aufgeklebten Lettern vorfand, war nicht dazu geeignet, seine Stimmung zu heben. Ohne seine Frau zu begrüßen, ging er ins Arbeitszimmer, öffnete den Brief, der ganz gezielt kurz vor seiner Ankunft dort abgelegt worden sein musste. Ihn ängstigte, mit welcher kriminellen Präzision hier vorgegangen wurde. Dann las er.

Als er geendet hatte, öffnete er seine Krawatte, schnappte nach Luft und dachte: *Sind die Santinis größenwahnsinnig geworden oder nicht mehr ganz dicht?*

Gedankenverloren starrte er auf das Blatt Papier, bis die Buchstaben vor seinen Augen zu verschwimmen begannen. Erst dann konnte er ganz langsam wieder einen klaren Gedanken fassen.

Man ließ ihn ganz genau wissen, wenn er sich ihren ungeheuerlichen Forderungen widersetzte, würden Chiaras Eltern ihre Tochter niemals lebend wiedersehen. Als Erstes sollte er nach Deutschland fahren, dort seinem Bruder beistehen und ihm bei der Beschaffung des Lösegeldes helfen. Er solle so tun, als würde er sich darüber so sehr aufregen, dass er einen Zusammenbruch erleidet, und sich danach in ein Sanatorium begeben. Von dort aus solle er seinen Rückzug aus der Politik bekanntgeben. Vor allem solle er niemanden, auch seine Frau nicht, über die wahren Zusammenhänge unterrichten.

Raffiniert, wirklich raffiniert, dachte er. *Kein mysteriöser Todesfall, der Untersuchungen oder gar den Unmut der Wähler auslöst, und doch alles erreicht, ohne dass es ihnen schadet.*

Nur seine Frau außen vor zu lassen war schon nicht mehr möglich, da sie es war, die den Anruf seines Bruders am Sonntag in Empfang genommen hatte und so bereits von der Entführung wusste. Aber alles andere, auch, dass er befürchtete, seine Nichte könnte diese Entführung am Ende auch so nicht überleben, musste er ihr verheimlichen. Er hoffte nur, dass Chiara überhaupt noch am Leben war. Soviel er wusste, fehlte bislang jedes Lebenszeichen von ihr.

Kristin Dietrich war ganz verwundert, als am späteren Montagnachmittag die Detektive vor ihrer Tür standen und sie zu sprechen wünschten.

»In welcher Angelegenheit denn?«, stellte sie sich unwissend, denn Hauptkommissar Stuhlbein hatte ihr eingeschärft, dass vorerst nichts davon in die Öffentlichkeit dringen sollte. Das könnte die Überlebenschance des Mädchens im Falle einer Entführung deutlich mindern, hatte er gesagt.

Erst als Peter Stettner sagte, die Eltern der kleinen Chiara hätten sie engagiert, wurde sie zugänglicher und sagte: »Kommen Sie herein, hier im Treppenhaus haben oftmals die Wände Ohren.«

»Das kenne ich«, sagte Stefan und dachte einige Jahre zurück, als das Ehepaar Hirsch bei Stefan im Nebenhaus nur wegen seiner Neugier ermordet worden war.[3]

»Sie haben Glück, dass ich heute zu Hause bin. Normalerweise arbeite ich vorzugsweise abends, damit ich mich tagsüber ganz um die Tanzgruppe kümmern kann.«

»Man muss auch mal Glück haben«, sagte Claus und fügte dann nachdenklich hinzu: »Wenn jetzt Chiara

---

3   Vgl. Die Taunus-Ermittler, Band 6 – Tödliche Neugier

auch noch Glück hat und das Ganze unbeschadet übersteht …«

Damit war das Eis endgültig gebrochen, und die Trainerin, die zuerst nicht wusste, inwieweit sie Auskunft geben durfte oder wollte, entschied sich, den Detektiven in allen Fragen Rede und Antwort zu stehen. Sie erzählte ihnen in allen Details, wie sie den Abend erlebt hatte, an dem sie sich Ingrids Autoschlüssel geborgt und ihr Fehlen erst spät bemerkt hatte.

Plötzlich seufzte sie laut auf und verstummte.

»Was ist denn, Frau Dietrich? Geht es Ihnen nicht gut?«, fragte Peter.

»Doch, es geht schon wieder. Ich habe eben nur daran gedacht, dass Ingrid, äh – Frau Kramer noch immer nicht aus dem Koma aufgewacht ist. Wie sie da in ihrem Blut lag … Wenn sie nun stirbt, ich weiß nicht, ob ich dann noch weitermachen kann.«

»Ja, das war bestimmt schlimm. Haben Sie Neuigkeiten, wie es ihr geht? Wird sie durchkommen?«

»Das weiß im Moment noch niemand. In der Uni-Klinik meinen sie, dass im Moment noch niemand sagen kann, wie es weitergeht. Ihr Mann kam gerade erst von dort zurück, und laut den Ärzten ist es schon ein kleines Wunder, dass sie die letzten achtundvierzig Stunden lebend überstanden hat.«

»Okay, das war's dann erst mal«, sagte Peter. »Wenn sich noch Fragen ergeben, dürfen wir dann noch einmal vorbeikommen?«

»Aber selbstverständlich. Auch ich bin daran interessiert, dass dieser Mistkerl, der das Ingrid und Chiara angetan hat, hinter Schloss und Riegel kommt.«

Zurück in ihrem Büro, fragte Stefan, ob sie zum Tagesabschluss nun noch Herrn Küblers Bildmaterial genauer sichten sollten. Doch Claus sah auf die Uhr und sagte: »Ohne mich. Es ist schon fast sieben, und ich soll Steffi heute Abend zu einem Diavortrag in die Stadthalle begleiten, da freut sie sich seit Wochen drauf.«

»Wann fängt denn das an?«

»Um acht. Das wird knapp genug. Tschüss, ich fahr dann.«

Als er gegangen war, sah Stefan Peter fragend an, und der meinte: »Morgen früh um halb neun kommt Paolo Partolucci mit Lara zur Sichtung vorbei. Wir sollten jetzt auch Feierabend machen und morgen beizeiten hier sein, um alles vorzubereiten.«

»Okay, bis morgen, acht Uhr«, sagte Stefan, drehte sich um und ging.

Schon früh am Dienstagmorgen war Old Boy auf den Beinen. Obwohl sie in der vergangenen Nacht die Leiche fortgeschafft hatten, war er im Gegensatz zu seinem Komplizen putzmunter. Es war alles gut gegangen, und Old Boy war zuversichtlich, ihre Spur so gut verwischt zu haben, dass man ihnen nicht auf die Schliche kam.

Entsprechend gönnerhaft gab er sich dem anderen gegenüber, der offensichtlich mit der ganzen Situation überfordert und unzufrieden war.

»Ich war schon lange nicht mehr bei meinen Leuten zu Hause. Die riechen am Ende noch Lunte, dass etwas nicht stimmt. Die sind ohnehin schon misstrauisch, wo ich immer bin.«

»Okay, fahr heim. Ich pack das hier im Moment auch allein. Die Kleine ist zum Glück pflegeleicht. Haha. Aber sei rechtzeitig heute Abend wieder da.«

»Ja, bin ich«, sagte der, den Old Boy Marc nannte, und verließ das alte Bauernhaus.

Wenige Augenblicke später stand Old Boy auf, packte einen Teller mit Brot, Butter und kalten Bratwürsten zusammen und ging in den Keller zu Chiara hinunter.

»Na, kleine Prinzessin«, begrüßte er sie, als er den Verschlag öffnete. »Hast du Hunger?«

Als Chiara nickte, schob er ihr den Teller hin und sagte mit einem kurzen Blick auf den wackligen Tisch in der Ecke: »Zu trinken hast du ja noch, wie ich sehe.«

Wieder nickte Chiara und biss in eine der Bratwürste, obwohl ihr ganz und gar nicht nach kalter Wurst war. Was hätte sie für ein Marmeladenbrot, ein Croissant oder wenigstens eine Tüte Gummibärchen gegeben.

»Ich komme nachher noch mal und bringe dir eine neue Flasche Limonade. Aber warte nicht drauf, es kann länger dauern. Schließlich bist du hier nicht im Hotel. Klar?«

Chiara nickte wieder stumm, aber plötzlich brach es aus ihr heraus, ohne dass sie es verhindern konnte. »Ich will nach Hause zu meinen Eltern und meiner …«

Im allerletzten Moment hielt das kluge Mädchen inne, denn es wollte den Entführer gar nicht erst auf die Idee bringen, dass da noch eine Schwester wäre, mit der man den Druck, Lösegeld zu zahlen, erhöhen konnte.

Aber der Mann hatte die Gedanken des Mädchens erraten, grinste sie so hinterhältig an, dass es Chiara himmelangst wurde, und verließ kurz darauf ihr Verlies.

Die Detektive waren schon früh im Büro. Bereits um kurz nach sieben war Peter aus der Wohnung nach unten gekommen und hatte begonnen, die hochwertigen Computerprogramme zur Film- und Bildbearbeitung hochzufahren. Kurz nach ihm traf auch Claus ein. Stefan, der um acht Uhr kommen wollte, war noch nicht da.

Während Peter die Bildbearbeitung startete, bearbeitete Claus routinemäßig die frisch eingegangenen Mails, und so merkten sie erst gar nicht, wie die Tür aufging und ein Mann eintrat. Erst der eisige Luftzug, der mit ihm hereinwehte, ließ Claus aufblicken.

»Sie wünschen?«, fragte er, während Peter sich weiter mit dem Computer beschäftigte.

»Ich möchte Sie engagieren«, sagte der Mann, der hilflos und unsicher wirkte, aber auch eine gewisse Aggressivität in der Stimme hatte.

»Prima, da sind Sie goldrichtig hier«, sagte Claus vorsichtig, »wie heißen Sie denn und in welcher Sache sollen wir für Sie ermitteln?«

»Mein Name ist Richard Kramer und …, und es geht um letzten Samstagabend in Hofheim«, kam es stockend.

Als er seinen Namen nannte, sah Peter auf, hielt sich aber zurück, um den sichtlich nervösen Mann nicht aus dem Konzept zu bringen. Dass Richard Kramer von selbst hier auftauchte, passte ihm ganz gut ins Konzept, so brauchten sie ihn nicht aufzusuchen.

»Okay, ich weiß Bescheid, wer Sie sind«, sagte Claus. »Sie sind der Ehemann der unglücklichen jungen Frau, die niedergestochen wurde, als man die kleine Chiara Partolucci entführt hat.«

»Woher wissen Sie …?«, fragte Kramer, und für den Bruchteil einer Sekunde lag ein ungläubiges Staunen auf seinem Gesicht.

»Wir waren durch Zufall anwesend, als es geschah, und ermitteln bereits in dieser Sache.«

»Wie denn das?«

»Herr Partolucci hat uns engagiert. Es ist also gar nicht mehr nötig, dass Sie uns auch noch beauftragen. Gehen Sie nach Hause, und sparen Sie Ihr Geld. Sie werden es nötiger brauchen, wenn Ihre Frau erst wieder bei Bewusstsein ist. Wir halten Sie auf dem Laufenden, wenn sich irgendetwas Neues ergibt.«

»Ja, äh, ja«, sagte Richard Kramer irritiert und schien noch mehr aus dem Konzept gebracht als ohnehin schon. Dann drehte er sich wortlos um und ging. An der Bürotür stieß er beinahe mit Stefan zusammen, der gerade hereinkam, schien ihn aber nicht zu bemerken.

Kaum hatte Stefan sich an seinen Schreibtisch gesetzt, da sah Peter zu Claus hinüber, grinste und sagte süffisant: »Claus, du bist doch immer noch eine echte Beamtenseele. Aber deine Besoldung kommt nicht mehr an jedem Ersten im Monat pünktlich aufs Konto, du musst jetzt etwas dafür tun. Hättest du ihn uns doch ruhig engagieren lassen. Für ihn hätten wir in Sachen seiner Frau ermittelt, für die Partoluccis tun wir das ja wegen deren Tochter. Nur für den Fall, dass du Loyalitätsprobleme befürchtet hast.«

»Es ist nicht nur das. Du hast doch selbst gesehen, wie der Mann aussah. Wenn er uns engagiert hätte, wären wir verpflichtet gewesen, ihm den ein oder anderen Zwischenbericht zu geben. Ich halte bei ihm so ziemlich alles für möglich und möchte weder daran schuld sein, dass er einen Suizidversuch unternimmt, noch dass er durchdreht. Jetzt können wir selbst entscheiden, ob und wann wir ihm etwas sagen.«

»Stimmt. Wenn man es so betrachtet, hast du gar nicht mal so unrecht. Claus, du passt gut in unser Team. Weiter so.«

Auch wenn Claus es sich nicht anmerken ließ, war er

doch sehr stolz über Peters Lob, den er seit jeher für einen überragenden Kriminalisten hielt.

»Genug geschwafelt«, sagte Stefan gerade unwirsch und fragte: »Was macht die Bildbearbeitung?«, da läutete es an der Tür, und Paolo Partolucci stand mit der kleinen Lara draußen. Man sah ihm deutlich an, dass er nicht sehr begeistert davon war, seine Jüngste in die Ermittlungen hineinzuziehen.

»Ich weiß, wie Ihnen zumute ist«, sagte Peter, »aber ich sehe im Moment keine andere Chance.«

»Schon gut, fangen wir an.«

Sie machten sich ans Werk, sichteten die Aufnahmen der älteren Kamera, dazu über einhundert Bilder, vergrößerten im Zweifelsfall Ausschnitte, hellten Hintergründe auf und ließen die Filme auf Zeitlupe laufen, aber es half nichts. Der Mann, den Lara glaubte gesehen zu haben, war nicht zu finden.

Zwischendurch servierte Annika Herrn Partolucci einen starken Kaffee, für Lara brachte sie Kakao und Schoko-Croissants.

Gerade als Peter sagte: »So, jetzt haben wir alle Filme durch und die Bilder sogar zweimal«, rief Lara: »Da, das ist er.«

Sofort hellte Claus den Hintergrund des Bildes so auf, dass der Mann gestochen scharf zu sehen war, und Lara sagte nachdenklich: »Jetzt weiß ich auch, woher der mir so bekannt vorkam. Er sieht einem der Handballer, die uns öfter mal beim Training zusehen, zum Verwechseln ähnlich.«

»Du meinst, er könnte es sein?«, fragte Claus.

»Nein, das nicht. Der hier ist älter.«

»Ein Bruder vielleicht?«

»Weiß nicht.«

»Macht nichts, du hast uns auf jeden Fall sehr geholfen«, sagte Stefan zu Lara, die fast schon ein wenig enttäuscht war, weil sie eben geglaubt hatte, keine große Hilfe zu sein.

Zu Herrn Partolucci sagte er: »Danke, dass Sie hier waren. Für uns liegen nun die nächsten Ermittlungsschritte klarer vor uns. Wir haben einen neuen Ansatz und melden uns, sobald wir etwas Neues wissen.«

Nachdem Lara und ihr Vater gegangen waren, fragte Peter: »Stefan, wie gehen wir weiter vor?«

»Nichts wie ab in die Halle, würde ich sagen. Dort müssen wir jemanden finden, der uns Auskunft zu den Angehörigen der Handballer geben kann.«

»Ganz genau so machen wir es. Aber erst rufen wir den Hallenwart an, ob die Polizei die Räumlichkeiten freigegeben hat. Ich will unbedingt da hin und bin ganz scharf darauf, etwas zu finden, was die Polizei übersehen hat.«

Claus fragte: »Meinst du wirklich, da wäre noch etwas zu finden?«

»Man weiß ja nie.«

Während Claus mit dem Hallenwart telefonierte, redeten Stefan und Peter noch eine ganze Weile über den Fall, bis Stefan sagte: »Peter, ich ruf jetzt mal Kim Li an. Wenn mich nicht alles täuscht, hat sie doch auch sportliche Kontakte in die Halle. Vielleicht ist ihr ja irgendetwas zu Ohren gekommen.«

»Gute Idee. Wir sollten den Kontakt zu Jörg Stuhlbein und Familie ohnehin nicht allzu sehr einschlafen lassen. Das meine ich noch nicht einmal aus ermittlungstaktischen Gründen.«

»Ich weiß«, sagte Stefan, nahm den Hörer ab und wählte die Privatnummer der Familie Stuhlbein in Wicker.

Zuerst lauschte er dem Freizeichen allein, aber als Claus

das Gespräch mit Herrn Meissner beendet hatte, stellte er auf laut um. Aber es blieb beim Freizeichen, und nach dem elften oder zwölften Läuten wollte Stefan wieder einhängen. Gerade als er das Mobilteil zurückstellen wollte, hörten sie die Stimme Kim Lis.

»Hier Kim Li Stuhlbein, was gibt's?«

»Hallo, hier ist Stefan Weimershaus.«

»Hallo, Stefan … ist Peter auch in der Nähe?«

»Ja, und Claus ebenso. Wir sitzen gerade im Büro und haben festgestellt, dass unsere Fitness gewaltig gelitten hat. Kannst du uns nicht demnächst ein bisschen trainieren?«

»Ihr könnt euch in meiner Kampfsportschule für einen Kurs anmelden. Einer meiner Trainer …«

»Du selbst kannst nicht?«

»Nein, ich habe mich vollkommen aus dem Geschäft zurückgezogen. Zumindest für die nächsten Jahre. Mein früherer Assistent ist jetzt Geschäftsführer. Mit zwei kleinen Kindern wäre es zu mühselig, jeden Tag nach Frankfurt zu fahren. Wenn die beiden in die Schule gehen, werde ich mich zumindest stundenweise wieder einklinken. – Aber ihr wolltet sicher Jörg sprechen. Der ist gerade beim Dienst in Hofheim. Soll ich …«

»Nein, nicht nötig. Eigentlich wollten wir uns nur mal wieder melden, weil wir euch schon so lange nicht mehr privat getroffen haben. Dafür bist du im Moment ohnehin der bessere Ansprechpartner. Jörg ist zu sehr beschäftigt. Aber dass du so ganz ohne deinen Kampfsport sein kannst …«

»Ach, jetzt versteh ich, daher weht der Wind. Ihr habt gehört, dass ich einmal in der Woche abends in Hofheim bin und Karate trainiere, wo dieses schreckliche Verbrechen geschehen ist. Wenn ihr wissen wollt, ob ich etwas gehört habe, sagt das doch einfach. Wir kennen uns jetzt seit gut und gern acht Jahren[4]. Ein bisschen mehr Vertrauen ...«

»Entschuldige, Kim Li. Aber Jörg ist nicht gerade begeistert, dass wir mitmischen. Allerdings setzen die Eltern der kleinen Chiara einen Großteil ihrer Hoffnungen auf uns. Wir wollten nur unnötigen Ärger vermeiden.«

»Ja, Jörg ist im Moment, da es so gar keine Spur gibt, ziemlich gereizt, das stimmt. Ich werde mich für euch umhören, wenn ich das nächste Mal hinkomme. Gerade ist das durch die Teilsperrung so umständlich, dass ich das Training diese Woche ausfallen lasse. Sobald die Polizei alle Bereiche wieder freigegeben hat, denk ich an euch. Sollte ich irgendwas Interessantes in Erfahrung bringen, lasse ich es euch wissen. Abgesehen davon, das mit dem privaten Treffen ist eine gute Idee. Sollten wir wirklich wieder mal machen. Ich lasse mir auch da was einfallen.«

Stefan übergab den Hörer noch einmal kurz an Peter, der noch ein paar eher belanglose Worte mit Kim LI wechselte, bevor er auflegte.

»Was hat dein Gespräch ergeben?«, fragte er anschließend Claus, und der antwortete kurz: »Die Halle ist wider Erwarten schon frei. Damit hat keiner gerechnet.«

»Na prima, dann würde ich vorschlagen, wir machen eine kurze Mittagspause, und dann nichts wie los.«

Luigi Partolucci hatte es tatsächlich geschafft, seiner Frau die neuesten, schrecklichen Entwicklungen zu verheimlichen und sie dazu zu bewegen, zu Hause zu bleiben. Inzwischen war es ihm kein solches Rätsel mehr, warum man ihn nicht einfach beseitigt hatte wie seinen Konkurrenten. Im

---

4   Vgl. Die Taunus-Ermittler, Band 4 – Wo ist Verena?

Internet hatte er das Ergebnis einer Umfrage gefunden, in dem deutlich zu erkennen war, dass die Bevölkerung insgeheim damit rechnete, dass auch Luigi den Wahlkampf nicht überleben würde, und schon allein deshalb besonders häufig seine Partei wählen wollte. Darum also dieser Umstand. Früher haben sich diese Leute einen Dreck um den Wählerwillen geschert. Aber in Zeiten von Social Media, wo erschütternde Bilder sehr schnell die Runde machten und Meinungen sich fast noch schneller bildeten, mussten selbst diese Leute offensichtlich den Schein wahren. Dabei wäre ein Stein von einer Autobahnbrücke in die Windschutzscheibe doch mindestens ebenso effektiv gewesen. Ging es ihnen wirklich nur darum, die Wähler erst gar nicht auf die Idee zu bringen, dass der politische Gegner die Hand im Spiel hatte? Trotz allem rechnete Luigi aber immer noch damit, dass genau dieser Stein ihn treffen würde.

Erst als er die Grenze am Brenner nach Österreich überquerte und er bis dahin unbehelligt geblieben war, glaubte er nicht mehr unbedingt an einen Anschlag. Anscheinend ging es seinen Gegnern wirklich vorrangig darum, ihn zu demütigen, ihn seelisch niederzuknüppeln. Ihm so richtig eine reinzuwürgen für all die Schwierigkeiten, die er ihnen in den letzten Jahren bereitet hatte. Und ganz nebenbei noch das Wahlvolk zu beruhigen.

Tatsächlich blieb alles ruhig, und als er schließlich die Grenze nach Deutschland überquert hatte, gab er seinem schweren Wagen die Sporen. Wenn alles gut ging, würde er am frühen Abend in Hofheim ankommen.

6.

Die Detektive stellten den Wagen auf dem leeren Parkplatz ab und gingen um die Sporthalle herum zum Haupteingang, wo Joachim Meissner sie bereits erwartete.

»Das hat ja prima geklappt. Vor nicht einmal zwei Stunden hat der Hauptkommissar das Absperrband entfernt. Heute Abend können die Handballer schon wieder voll trainieren. Das Gesicht, das der Kommissar gemacht hat, sprach Bände. Der hat keine Ahnung, was da abgelaufen ist. Der tappt völlig im Dunkeln.«

Peter war der leicht triumphierende Unterton des Hallenwarts nicht entgangen. War es nur Schadenfreude über das Unvermögen der Polizei, oder war da mehr? Hatte der Kerl am Ende etwas mit der Sache zu tun?

Peter behielt seine Gedanken erst einmal für sich, um nicht zu verraten, dass er den Mann unter Beobachtung genommen hatte. Schließlich hatten auch sie im Moment noch nicht allzu viel mehr zu bieten als Vermutungen und Spekulationen. Echte Spuren blieben vorerst Mangelware.

»Wenn Sie mir bitte folgen wollen«, sagte Meissner und ging voran in den tiefer liegenden Umkleidetrakt.

Während die Detektive ihm folgten, sahen sie sich alles ganz genau an, denn bislang kannten sie diesen Gebäudeteil nur vom Hörensagen. Sie sahen im Vorbeigehen die Sammelumkleiden, Waschräume und Toiletten zu beiden

Enden des Ganges, folgten aber erst einmal dem Hallenwart. Der ging wortlos an allem vorbei, bis er zu einem schmalen Gang kam, der an einer Tür endete. Ebenso wortlos schloss er auf und trat einen Schritt zurück.

»Warum haben Sie uns gerade hierhergeführt?«, fragte Stefan so unverfänglich wie möglich, und Meissner antwortete: »Nun, die Polizei wollte als Erstes diese Tür sehen.«

Dabei sah er irgendwie so unsicher aus, dass auch Stefan nicht umhin kam zu denken: *Ob er vielleicht den Gangstern, ohne zu wissen, was sie wirklich wollten, die Tür geöffnet hat?*

Dann trat Peter schon hinaus auf die hinter der Halle liegende ruhige Nebenstraße und sah sich um. Die beiden anderen Detektive waren ihm gefolgt, und ohne ein Wort zu sagen, sahen sich die drei an.

Meissner hatte den kurzen Blick der Detektive bemerkt, und es war offensichtlich, dass er sich in seiner Haut nicht wohlfühlte. »Brauchen Sie mich noch?«, fragte er. Es klang ein bisschen kläglich.

»Aber nein«, sagte Peter. »Wir sehen uns hier unten noch ein wenig um.«

»Tun Sie das. Ich gehe derweil in mein Büro, ich habe noch jede Menge Arbeit. Die leidige Buchführung …«

»Okay«, sagte Peter, dem es ohnehin lieber war, hier unten ohne die Aufsicht des Mannes schalten und walten zu können. »Wer kennt eigentlich diesen Notausgang? Er liegt ja ziemlich versteckt«, fragte er noch, während der Mann sich schon zum Gehen umwandte.

Da drehte sich Joachim Meissner noch einmal zu ihm hin und sagte: »Alle, die hier unten ein und aus gehen, bekommen als Erstes sämtliche Notausgänge gezeigt. Normalerweise schließe ich auf, sobald die Umkleiden benutzt werden, und wieder zu, wenn der Letzte gegangen ist. Zur Sicherheit hängt hier drüben, im abschließbaren Schlüsselkasten, noch ein Schlüssel, der für alle Verantwortlichen wie Trainer oder Gruppenleiter zugänglich ist.«

Als Meissner sich schon ein paar Schritte entfernt hatte, rief Claus ihn noch einmal zurück und hielt ihm einen Fotoausdruck unter die Nase. Dazu fragte er: »Kennen Sie diesen Mann?«

»Nein … oder halt, doch, er sieht einem unserer Handballer ähnlich. Aber er ist es nicht.«

»Wem?«

»Äh, weiß ich nicht. Oder halt. Ce… Ce… Cesarino oder so ähnlich heißt er«, stotterte Meissner. »Aber fragen Sie doch unseren Handballtrainer. Der kommt in etwa einer Stunde, das Training beginnt um halb acht.«

»Okay, machen wir«, sagte Peter. Dann verließ Meissner schnell den Umkleidetrakt. Dass er seinen Schlüsselbund im Schloss der Tür zum Notausgang stecken gelassen hatte, fiel ihm gar nicht auf.

Peter und Stefan gingen noch einmal auf die Straße hinaus und sahen sich gründlich um, während ihnen Claus die Tür, die mit einem automatischen Schließer ausgerüstet war, offen hielt. Sie fanden nichts außer einem alten Gardehut, der völlig aufgeweicht und unbrauchbar im Matsch lag. Die Spurensicherung der Kriminalpolizei hatte ihm offensichtlich keine Bedeutung beigemessen, da er genauso gut von jedem anderen Karnevalisten stammen und schon ewig hier liegen konnte, in diesem Zustand zudem bestimmt keine Spuren mehr aufwies. Trotzdem hob Peter ihn auf, tütete ihn ein und nahm ihn mit. Man konnte ja nie wissen. Zumindest setzte der Fund die Fantasie der Detektive in Gang und brachte ihnen zumindest eine Ahnung davon, dass die kleine Chiara vermutlich hier hinausgebracht worden war.

Bevor sie wieder hineingingen, sagte Stefan leise: »Ich seh mich erst mal um, ob Meissner auch wirklich in sein Büro gegangen ist oder ob er uns vielleicht beobachtet. Der war mir einfach zu nervös.«

»Stimmt«, raunte Peter zurück, und auch Claus nickte, bevor er und Peter sich zu den Umkleiden begaben.

Claus spähte erst vorsichtig hinein und sagte »Leer«, danach untersuchten sie den Raum, in dem die Mädchen sich umgezogen hatten, gründlich. Sie dokumentierten alles mit der Filmkamera und fotografierten, was ihnen verdächtig vorkam. Es war wenig genug.

Aber schon die Polizei hatte nicht den geringsten Hinweis gefunden, was sollten sie hier schon finden?

Danach kamen die Toiletten an die Reihe, inzwischen hatte sich Stefan wieder zu den beiden gesellt und Bescheid gesagt, dass die Luft rein sei. Schon beim Hineingehen wirkte Peter wie elektrisiert. Das lag nicht nur daran, dass an der Stelle, wo Ingrid Kramer zusammengekrümmt am Boden gelegen hatte, die Umrisse noch immer schwach zu sehen waren. Peters feines Gespür hatte die Aura des Verbrechens wahrgenommen.

»Hier finden wir etwas«, sagte er mit so viel Gewissheit in der Stimme, dass Claus ihm hinter vorgehaltener Hand den Vogel zeigte.

»Spielen wir die Sache doch einmal durch«, sagte Peter und übernahm den Part des Täters. Stefan spielte Chiara und Claus Frau Kramer.

Sie nahmen an, Frau Kramer sei auf der Toilette gewesen und Chiara kurz darauf ebenfalls hereingekommen. Der Täter hätte in einer Ecke gewartet, und gerade als Chiara den Vorraum betreten hatte … Aber halt, das passte nicht. Frau Kramer hätte niemals so liegen können.

»Wahrscheinlich war es umgekehrt, und Chiara kam aus der Toilette«, sagte Stefan. Claus sagte: »Vermutlich kam der Täter aus der anderen Ecke, dann passt's.«

»Nicht schlecht«, frotzelte Peter, »du wirst immer besser, besonders wenn man bedenkt, dass du bei der Polizei warst.«

»Nicht so laut, du warst auch mal bei dem Verein.«

Peter Stettner zog eine Grimasse und sagte dann mit so viel Autorität in der Stimme, dass weder Claus noch Stefan auf die Idee kamen, ihn zurechtzuweisen: »So, nehmt eure Positionen noch mal ein. Stefan, du kommst aus der Toilettenkabine, ich springe hinzu und packe dich von hinten. Dann kommt Claus, also Frau Kramer, in den Raum, überrascht mich und greift mich an.«

Während er das sagte, stellten sie bereits die Szene nach, und als Peter so tat, als zücke er ein Messer, packte Claus ihn am Arm. Instinktiv ließ er Stefan los, riss den Arm hoch, und da er nun in einer anderen Position viel dichter an der Wand stand, schlug er mit der Hand fest an die Mauer knapp unterhalb der recht niedrigen Zimmerdecke.

»Au, verdammt«, sagte er, um dann plötzlich herumzufahren und zuerst die Mauer, dann die Decke zu untersuchen. Dort fand er schließlich, was er suchte.

»Fotografiert das. Diese Kratzspur an der Decke ist vom Täter.«

»Meinst du, er hat vor Zorn den Putz von der Decke gekratzt?«

»Quatsch. Wenn wir davon ausgehen, dass er Rechtshänder ist und das Messer in der Hand hatte, als Frau Kramer auf ihn losging, ist es nur natürlich, dass er die Hand mit dem Messer nach oben gerissen hat. Das sind in meinen Augen offensichtlich Spuren von einem ganz speziellen Jagdmesser. Du weißt, dass ich alles an Fachliteratur lese, was ich in die Finger bekomme. In einer der letzten Zeitschriften für die Kriminalpolizei war von einem neuartigen Modell die Rede, dessen Spuren nicht ganz so einfach einem Messer zuzuordnen sind und deshalb oftmals übersehen werden. Ich meine, auf dem Foto sah das ganz genauso aus. Außerdem sind die Spuren an der Decke. Das heißt, bei der recht geringen Zimmerhöhe hier in den Katakomben, sagen wir mal gute zwei Meter dreißig, müsste eine Körpergröße von rund eins neunzig ausreichen, um dort oben die Spur zu hinterlassen.«

Stefan, der auch nicht viel kleiner war, riss den Arm hoch und sagte enttäuscht: »Ich komm nicht mal annähernd an die Decke ran.«

»Du hast ja auch kein Messer in der Hand, von dem wir nicht einmal genau wissen, wie lang es ist. Ich würde sagen, da hat Olli schon wieder einen Folgeauftrag. Er soll alles recherchieren, was es über das Messer zu erfahren gibt.«

»Da ist noch was«, sagte Stefan, und Claus fiel ihm ins Wort: »Ich weiß, was du meinst. Peter hat dich losgelassen, als ich ihn angriff. Das heißt, wenn der Entführer das Mädchen losgelassen hat, und das musste er wohl, dann könnte sie ihm auch entwischt sein.«

»Ja, richtig, wenn er sie nicht schon vorher betäubt hatte, was ich allerdings für wahrscheinlicher halte.«

»Okay, du hast recht«, sagte Stefan, und Peter meinte: »Dann war's das hier fürs Erste. Gehen wir noch mal nach oben zum Hallenwart und warten bei seinem Büro, bis der Handballtrainer kommt. Da können wir uns vielleicht hinsetzen.«

Unterdessen war Luigi in Hofheim angekommen und hatte sich im Wohnzimmer seines Bruders auf der Couch niedergelassen. Seine Schwägerin Lucia hatte extra starken Espresso gekocht, aber er schien nicht so richtig zu wirken. Alle wirkten stark angeschlagen.

»Selbstverständlich helfe ich euch, das Geld zu besorgen. Macht euch keine Gedanken«, sagte er und fasste sich theatralisch an die Brust. Er musste Theater spielen. Hoffentlich war hier noch niemand darauf gekommen, dass diese Entführung nicht seinem Bruder und schon gar nicht der kleinen Chiara galt. Davon durfte um Gottes willen nichts an die Öffentlichkeit gelangen. Wenn auch nur das kleinste bisschen an die Presse durchsickerte, war Chiaras Leben keinen Pfifferling mehr wert. Es regte ihn fürchterlich auf, dass man ihn dazu zwang, den sterbenden Schwan zu mimen und selbst seine nächsten Verwandten zu belügen. Dass er allen in Kürze einen Herzanfall vorspielen würde, ahnte zu diesem Zeitpunkt keiner, noch nicht einmal seine Frau.

»Danke, dass du da bist«, sagte Paolo zu seinem Bruder, »selbstverständlich richten wir dir das Gästezimmer her.«

»Danke. Aber sag, gibt es inzwischen wenigstens ein Lebenszeichen von Chiara?«

»Nein, noch immer nicht. Ich bin schon ganz verzweifelt«, sagte Lucia.

Verdammt, wollen die uns nur weichkochen, oder ist meine Lieblingsnichte am Ende schon … Der Lokalpolitiker wagte gar nicht, den Satz zu Ende zu denken, und konnte sich gerade noch beherrschen, seinen Gedanken laut auszusprechen.

»Scheiße. Aber ich muss jetzt erst mal mit Gina telefonieren, damit sie weiß, dass ich gut angekommen bin. Ihr könnt gern auch mit ihr sprechen. Gibst du mir das Telefon?«

Lucia reichte es ihm und fragte: »Warum ist Gina denn nicht mitgekommen? Ich kann mich nicht mehr daran erinnern, wann du uns zum letzten Mal allein besucht hast.«

»Ach«, sagte Luigi Partolucci gedehnt und überlegte sich schnell eine Ausrede. »Gina hat übermorgen einen wichtigen Arzttermin, auf den sie lange warten musste, den will sie nicht versäumen.«

»Na, mal sehen, ob wir heute wenigstens vollzählig sind.« Der Handballtrainer Raimund Rosenberger nahm seine Mannschaft in Empfang, kurz nachdem er in der Sporthalle angekommen war.

Die Detektive hatten sich, während sie warteten, mit dem Hallenwart unterhalten und erst mit einiger Verspätung bemerkt, dass der Trainer bereits angekommen war. Als sie die Halle betraten, rief der gerade verärgert: »Verdammt, heute scheinen gleich zwei unserer Sonnyboys zu fehlen! Wie sollen wir da den Klassenerhalt schaffen, wenn alle nur noch kommen, wenn sie Lust dazu haben?«

Dann drehte er sich um, sah die Detektive und blaffte sie an: »Was wollen Sie hier? Das ist kein öffentliches Training. Ich wäre Ihnen dankbar, wenn Sie die Halle nicht mit Straßenschuhen betreten.«

Die drei hatten den aggressiven Unterton des Trainers sofort vernommen und waren, da sie seine letzten Worte an die Spieler noch gehört hatten, überzeugt, auf der richtigen Spur zu sein. Deshalb sagte Peter, auf Deeskalation bedacht: »Herr Meissner hat uns zu Ihnen geschickt. Wir hätten ein paar Fragen an Sie.«

»Schon wieder Polizei?«

»Nein, wir sind Privatdetektive.«

»Schnüffler? Nee, ihr nicht auch noch. Wie soll man da einen regulären Trainingsbetrieb aufrechterhalten? Macht euch vom Acker.«

»Wir arbeiten für den Vater des Mädchens, das nach der Karnevalssitzung verschwunden ist. Vielleicht haben Sie davon gehört. Er möchte seine Tochter gern lebend wiedersehen. Es wäre wirklich wichtig«, sagte Claus eindringlich und drückte dabei so mächtig auf die Tränendrüse, dass der Trainer tatsächlich etwas nachdenklich wurde.

»Es gibt Gerüchte, was am Samstagabend hier los war«, sagte er. »Eines der Mädchen ist verschwunden, eine Trainerin soll verletzt im Krankenhaus liegen. Aber niemand weiß etwas Genaues. Die Polizei hat uns befragt, wo wir zur fraglichen Zeit waren, wollte aber keine Details verraten.« Er drehte sich zu den Spielern um und sagte: »Na gut, wärmt euch schon mal auf, ich bin gleich wieder zurück.« Und dann, zu den Detektiven: »Warten Sie, ich komme raus. Sie haben fünf Minuten.«

Als er kurz darauf draußen vor ihnen stand, fragte er: »So, was wollen Sie wissen?«

Statt zu antworten, zog Stefan das Foto aus der Tasche und zeigte es Herrn Rosenberger. »Kennen Sie den?«

»Das ist Mar... nein, ist er nicht. Er sieht ihm aber verblüffend ähnlich.«

»Wem?«

»Einem unserer Spieler. Marcello Cesano.«

»Ist der heute da?«

»Nein. Das ist einer der Spieler, die mir wirklich Sorge bereiten. Richtig gut, aber eine Trainingsmoral ... Mal kommt er und mal nicht. Das fängt langsam an, auf die ganze Truppe überzugreifen. Wie soll ich da verhindern ...«

»Wissen Sie vielleicht, ob er einen Bruder hat?«

»Das ist mir nicht bekannt. Er ist sehr verschlossen; redet kaum über Privates. – So, jetzt muss ich aber wieder rein«, sagte der Handballtrainer, drehte sich um und wollte in die Halle zurückgehen, da rief Stefan ihm hinterher: »Wissen Sie, wo Herr Cesano wohnt?«

»Soviel ich weiß, bei seiner Schwester, Ivanna Fuhrmann.«

»Kennen Sie die Adresse?«, fragte Peter angesichts der wortkargen Antworten des Trainers so ungehalten, dass Stefan fürchtete, der Mann könnte die Antwort schuldig bleiben.

Er zögerte auch lange, bevor er sagte: »Im Stadtteil Marxheim, Sachsenring. Da gibt es einige Hochhäuser. Mehr weiß ich auch nicht.« Dann drehte er sich wortlos um, ging in die Halle zurück und schloss geräuschvoll die Tür.

»Das müsste rauszukriegen sein«, sagte Peter. Währenddessen hatte Stefan den Namen bereits in seinem Handy gegoogelt: »Im Sachsenring finde ich hier nur einen Fabian Fuhrmann, rufen wir dort an. Wenn das der Mann von Ivanna ist, schlage ich vor, wir fahren gleich mal hin. Es ist ja noch nicht allzu spät.«

Wenig später saßen sie bereits im Wagen und fuhren nach Marxheim.

Als sie vor dem Hochhaus ausstiegen, hatte inzwischen auch Peter noch einmal telefoniert und Olli beauftragt, so schnell wie möglich alles über das Messer herauszubekommen, was im Internet zu finden war.

Sie fuhren mit dem Aufzug in den dritten Stock hinauf und läuteten an der Tür.

Fabian Fuhrmann öffnete und fragte: »Sie sind die Detektive, die sich angekündigt haben?«

»Ja, wir sind die Taunus-Ermittler. Dürfen wir herein-kommen?«

»Sie wollten mit meiner Frau über ihren Bruder und meinen Schwager sprechen, um was geht es denn?«

»Er ist im Zuge der Ermittlungen zu einem Entführungs-fall aufgetaucht. Deshalb möchten wir gern mit Ihnen beiden sprechen. Ist Marcello auch da?«

»Nein, er ist unterwegs, wie so oft.«

»Wo?«

»Das wissen wir nicht. Aber Entführung?«, staunte der Mann. »Dann kommen Sie mal herein«, erst dann gab er die Tür frei.

Kaum dass sie zusammen mit dem Ehepaar im Wohn-zimmer saßen, fragte Peter: »Es stimmt doch, dass Marcello bei Ihnen wohnt?«

»Ja, so lange, bis er hier in Deutschland Fuß gefasst hat, wohnt er bei uns. Aber wie kommen Sie darauf, dass er in eine Entführung verwickelt sein könnte?«

»So weit, das zu vermuten, sind wir noch nicht«, antwortete Stefan und zeigte auch den Fuhrmanns das Foto.

»Das ist Matteo, Marcellos und mein älterer Bruder«, sagte Ivanna. »Dem würde ich so was schon eher zutrauen. Ein verschlossener Bursche. Ich hatte schon als Kind immer etwas Angst vor ihm. Wir haben heute nur noch sehr wenig Kontakt, zumal er in Italien lebt. Aber Marcello vergöttert ihn, weil er all das im Überfluss hat, was ihm so gänzlich fehlt. Härte, Durchsetzungskraft, Mut zum Risiko.«

»Könnte es sein, dass er Ihren kleinen Bruder in irgend-etwas hineingezogen hat?«

»Wie kommen Sie darauf?«, fragte Fuhrmann.

»Weil Matteo in Deutschland ist. Dieses Foto wurde am Abend der Faschingsveranstaltung im Veranstaltungssaal aufgenommen, als die kleine Chiara verschwunden ist. Außerdem hat deren kleine Schwester ihn bei den Umkleidekabinen gesehen.«

»Nein! Marcello tut so etwas nicht!«, schrie Ivanna Fuhrmann auf, aber ihr Mann legte ihr die Hand auf die Schulter, als er sagte: »Vor fünf Minuten hätte ich das auch noch gesagt. Aber jetzt bin ich mir da gar nicht mehr so sicher.«

»Fabian, wie kannst …«, fuhr Ivanna entsetzt auf, doch ihr Mann gab zu bedenken: »Erinnere dich, wie seltsam er sich seit Wochen benimmt. Und wie er reagiert hat, als wir ihm vor wenigen Tagen nachgefahren sind.« An die Detektive gewandt sagte er: »Er hat uns vermutlich bemerkt und uns abgehängt.«

»Er benimmt sich seltsam?«, fragte Stefan.

»Ja, er geht abends aus dem Haus und kommt oft erst am Vormittag zurück. Manchmal verschwindet er auch schon am Nachmittag. Er will nicht sagen, wohin er geht. Außerdem telefoniert er oft heimlich.«

»Was arbeitet Ihr Bruder denn?«, fragte Peter.

»Nichts. Er ist gerade dabei, sich in Deutschland zu orientieren.«

»Er geht auch tagsüber fort, um sich zu bewerben?«

»Ja, hin und wieder. Aber da wissen wir ja, wo er ist.«

Wenn du meinst, dachte Peter und sagte: »Das reicht als Grund aus, ihn erst einmal zu beschatten. Wir werden ihn in den nächsten Tagen nicht aus den Augen lassen. Bitte lassen Sie sich ihm gegenüber nichts anmerken. Denn wenn er uns abhängt, finden wir die kleine Chiara vielleicht nie mehr.«

»Sie meinen wirklich, er hat etwas damit zu tun?«

»Wir können es zumindest nicht ausschließen. Sein Verhalten ist alles in allem schon sehr verdächtig.«

»Ich kann Ihre Gedanken nachvollziehen«, sagte Fabian Fuhrmann, »auch wenn ich mir es von Marcello nur sehr schwer vorstellen kann.« Seine Frau starrte nur gedankenverloren auf die Tischplatte.

Als die Detektive sich verabschiedeten und der Hausherr sie zur Wohnungstür geleitete, sagte er eindringlich: »Halten Sie uns bitte auf dem Laufenden. Vielleicht hat er doch nichts mit der Entführung zu tun. Ich würde es mir für meine Frau so sehr wünschen.«

»Machen wir«, sagte Claus. »Und Sie reden bitte mit niemandem über das, was Sie heute erfahren haben.«

Als sie mit dem Fahrstuhl hinunterfuhren, sagte Stefan: »Ich glaube, jetzt kommen wir der Lösung näher.«

Anders als bei den Detektiven war bei den Entführern der Abend noch nicht zu Ende. Old Boy erwartete noch einen wichtigen Anruf aus Italien und saß entsprechend wie auf glühenden Kohlen. Es war schon nach zweiundzwanzig Uhr, als sein Handy endlich zu läuten begann.

Er meldete sich, und sein Gesprächspartner kam sofort zur Sache.

»Bei euch ist alles in Ordnung?«

»Klar doch«, sagte Old Boy und verschwieg lieber, dass es einen weiteren Zwischenfall gegeben hatte.

»Das ist gut so, denn die heiße Phase beginnt. Er scheint endlich vernünftig geworden zu sein, der Adler ist in Deutschland gelandet. Seid in den nächsten Tagen aber besonders vorsichtig, ich traue ihm nicht über den Weg.«

Old Boy hatte auf laut gestellt, damit sein Partner mithören konnte, und fragte: »Woher weißt du das?«

»Meinst du, ich verlasse mich auf euch zwei? Ich habe da schon noch meine Leute am Start. Keine Sorge.«

»Ach, ich verstehe. Wir zwei, die wir nicht direkt zu deinem Team gehören, sollen für euch die Kastanien aus dem Feuer holen, und wenn etwas schiefgeht, geben wir das Kanonenfutter ab, wie?«

»Das liegt allein in eurer Hand. Ihr werdet schließlich fürstlich für diesen Job bezahlt. Also strengt euch an.«

»Das werden wir. Aber wir gehen kein unnötiges Risiko ein. Lieber beseitige ich die Kleine, wenn's eng wird.«

»Das liegt allein in deinem Ermessen. Aber noch nicht jetzt. Unter Umständen brauchen wir sie noch als Druckmittel, und das lebend. Notfalls schicken wir denen einen Finger der Kleinen. Das zieht.«

»Warum nicht gleich den Kopf?«

»Trottel. Meinst du, Luigi macht dann noch, was wir sagen?«

»War ja nur ein Scherz.«

»Das hoffe ich für dich.«

Chiara hatte von dem Telefonat, obwohl es auf Deutsch und ziemlich laut geführt worden war, in ihrem Verlies nur Fragmente mitbekommen. Aber was sie gehört hatte, reichte, um sie einmal mehr in Schrecken zu versetzen. Sie hatte so viel Angst vor den Männern, dass sie sich kaum traute zu fragen, ob sie denn zur Toilette gehen durfte. Erst als es fast zu spät war, rief sie nach ihnen.

7.

Am Mittwochmorgen trafen sich die Detektive bei guter Zeit im Büro und teilten ein, wer Marcello wann im Auge behalten sollte. Claus würde anfangen und vor dem Wohnhaus, in dem die Fuhrmanns lebten, in Position gehen. Später würden ihn Annika und Stefan ablösen, und die Abendschicht sollten Peter und seine Nichte Verena übernehmen. Die Zwillinge waren am Abend der Obhut der Großeltern übergeben, Joachim und Sabine Stettner, Peters Bruder und seiner Schwägerin. Peters Eltern, Andreas und Dagmar, die sonst immer gern eingesprungen waren, hatten inzwischen die achtzig überschritten, und Peters Vater ging es nicht gut. Sein langjähriger Begleiter, der Prostatakrebs, hatte inzwischen gestreut, was vor wenigen Monaten zu einer Darmkrebsoperation und der dazugehörigen Chemotherapie geführt hatte. Auch wenn diese fast abgeschlossen war und er sie erstaunlich gut verkraftete, fielen die beiden doch bis auf Weiteres als Kinderbetreuung aus.

Als Claus ins Büro kam, war das Erste, was er sagte: »Stellt euch vor, bei den Partoluccis steht ein Wagen mit italienischem Kennzeichen vor der Tür.«

»Schon länger?«, fragte Peter.

»Seit gestern Abend schon. Als ich heimkam, war der Wagen da. Steffi hat ihn um fünf oder halb sechs ankommen sehen. Ein eleganter Herr, der unserem Nachbarn ein bisschen ähnlich sieht, sei ausgestiegen, hat Steffi gesagt. Sie ist gleich raus ans Gartentor und hat unauffällig nachgesehen.«

»Fit, deine Frau. Frag sie doch, ob sie bei uns einsteigen will.«

»O Gott, nein. Die Schimpfkanonade spar ich mir.«

»Okay, fährst du dann los? Stefan und Annika lösen dich gegen Mittag ab.«

»Mach ich. Ich fahr dann anschließend gleich nach Hause und sehe nach, ob ich was über diesen eleganten Herrn rausbekomme.«

»Tu das. Wenn sich bei uns was Neues ergibt, rufen wir dich an.«

Während Claus seinen Wagen bestieg, um zu vier kalten und voraussichtlich langweiligen Observationsstunden im Spätwinter aufzubrechen, blieben Stefan und Peter im warmen Büro zurück. Claus war noch nicht lange weg, da klingelte das Telefon, und Olli Krause, der Internet-Ermittler, wie sich der ehemalige Hacker nun nannte, war am Apparat.

»Peter, das mit dem Messer war gar nicht so einfach. Zumal ich von dir nur die Kratzspur und die mutmaßliche Form hatte.«

»Sag schon, hast du was für mich?«

»Ja, klar.«

»Wusste ich's doch, auf dich ist Verlass. Leg los.«

»Das Messer ist, wie du richtig vermutet hast, ursprünglich ein Jagdmesser, wird aber in italienischen Mafiakreisen gern als Angriffswaffe benutzt. Zudem ist es eher selten und wird offiziell nur in wenigen Waffenhandlungen in Italien vertrieben.«

»Was heißt offiziell?«

»Das heißt, im Darknet kannst du es natürlich auch bekommen. Legal gibt es das aber nur in den Regionen Toskana und Emilia-Romagna, da die Herstellerfirma es exklusiv über von ihr autorisierte Läden vertreibt.«

»Wo hat die Firma ihren Sitz?«

»In einer kleinen Stadt bei Florenz.«

»Okay, danke erst mal. Bezahlung wie immer. Bis dann.«

Kaum hatte Peter aufgelegt, fragte Stefan: »Bringt uns das jetzt weiter?«

»Im Moment nicht, später vielleicht. Ich werde nachher mit Jörg Stuhlbein telefonieren und ihm unsere Erkenntnisse mitteilen.«

»Muss das sein?«

»Leider ja. Gerade was diesen Matteo betrifft, sollten wir ihn nicht im Unklaren lassen. Aber auch das mit dem Messer sollte er wissen. Ich glaube nämlich nicht, dass sie in diese Richtung ermitteln. Außerdem möchte ich mir später nicht vorwerfen lassen können, dass wir wichtige Informationen zurückgehalten hätten.«

Nicht allzu viel später kam Annika ins Büro und sagte zu Stefan und Peter: »Schade, dass Stefan nicht mit Verena und ich mit dir fahren kann. Aber Verena bringt um drei Uhr die Zwillinge nach Sindlingen zu ihren Eltern. Früher geht's leider nicht. Claus kommt heute Mittag wenigstens heim zu seiner Steffi. Aber wir sehen uns eigentlich nur noch bei Besprechungen oder mal schnell zwischen Tür und Angel. Vielleicht sollten wir in Zukunft ein kleines bisschen kürzertreten.«

»Geht nicht. Jetzt, wo wir das sündhaft teure Haus hier gekauft haben, werden wir in der nächsten Zeit sogar noch etwas mehr ranklotzen müssen. Zumal die Außentreppe für Svens Apartment deutlich teurer war als geplant.«

»Da frag ich mich wieder, wozu um Himmels willen braucht der Junge einen Extra-Eingang?«

»Soll er vielleicht jedes Mal, wenn er eine neue Freundin hat, mit ihr im Arm durchs Wohnzimmer marschieren? Er würde sich doch völlig zu Recht so fühlen, als ob wir sie begutachten.«

»Du hast nicht ganz unrecht. Aber geh später mal hoch und sieh nach, dass der Junge genug lernt. Ich wünsche mir, dass er wenigstens ein mittelmäßiges Abitur schafft.«

»Mach ich«, sagte Peter. Dann verabschiedeten sich seine Frau und Stefan von ihm und fuhren davon.

Widerstrebend machte sich Peter über die leidige Buchführung her, und als er zwei Stunden später das Gröbste erledigt hatte, fiel ihm ein, dass er noch einmal nach Sven schauen sollte, bevor Verena kam und sie Stefan und Annika ablösen fuhren.

Er fuhr den Computer herunter, nahm seine Jacke und ging nach oben. Als er am Fuß der Treppe zum zweiten Stock angekommen war, drang ihm fröhliches Gelächter entgegen. Noch bevor er den ersten Fuß auf die Treppe gesetzt hatte, kamen Sven und sein Schulfreund Benjamin aus dem Zimmer. Im ersten Augenblick sah es so aus, als hätten die beiden sich innig umarmt, aber das konnte täuschen. Nur Bruchteile einer Sekunde später gingen sie hintereinander die Treppe herunter.

»Sven, deine Mutter hat mich gebeten nachzusehen, ob du für die Schule gelernt hast. Wie sieht's aus?«

»Benjamin muss jetzt ohnehin nach Hause. Ich setz mich gleich ran.«

»Ist okay. Ich muss auch noch mal weg, sobald Verena da ist.«

Dann drehte sich Peter um und ging die wenigen Stufen, die er erklommen hatte, wieder hinunter. Unten am Fuß der Treppe stand Benjamin und winkte Sven zu. Dann ging er zusammen mit Peter ins Erdgeschoss hinunter.

Nur wenige Augenblicke später, Benjamin war gerade fort, kam Verena zur Tür herein.

»Kann ich noch eine Tasse Kaffee trinken, oder müssen wir los?«, fragte sie.

»Dafür wird's noch reichen«, sagte Peter. »Aber wir sollten Stefan und Annika nicht zu lange im kalten Auto warten lassen.«

Er hatte die Espressomaschine gerade gestartet, da läutete das Telefon.

»Was gibt's?«, fragte er nach einem Blick aufs Display.

»Marcello Cesano kommt gerade aus dem Haus und geht zum Auto. Wir folgen ihm, ihr stoßt am besten dazu. Beeilt euch, wer weiß, vielleicht entdeckt er uns und haut ab. Wir halten die Verbindung aufrecht, dann können wir euch sagen, wohin er fährt. Okay?«

»Ja, klar. Verena trinkt noch schnell ihren Kaffee aus, dann fahren wir.«

»Das sieht euch ähnlich. Andere die Arbeit erledigen lassen und selbst Kaffee trinken. Auf, los, schwingt die Hufe.«

»Dein Mann wird aber auch immer frecher«, sagte Peter grinsend zu seiner Nichte, die lachte und ihren Espresso mit einem Schluck hinunterstürzte.

Old Boy war verärgert, weil er noch immer auf seinen Komplizen wartete, der ihn schon den ganzen Tag mit der kleinen Chiara allein gelassen hatte. Er verstand ja, dass er sich zu Hause ab und zu mal blicken lassen musste, um nicht aufzufallen. Aber dass er nun schon fast acht Stunden fort war, machte Old Boy nervös. Zumal die Kleine langsam aufmüpfig wurde. Hatte sie doch tatsächlich versucht, an ihm vorbei ins Freie zu schlüpfen, als er ihr etwas zu essen brachte.

Er hatte ganz schön rennen müssen, um das Mädchen noch einzuholen, das schon fast oben an der Treppe angekommen war. Ihr Pech, dass er ihr dann hatte zeigen müssen, wer hier der Herr im Haus war. Er grinste, als er daran dachte, wie er sie an ihren langen Haaren zurück in den Keller geschleift und ihr dann kräftig den Hintern versohlt hatte. Der tat ihr bestimmt morgen früh noch weh. Schade, dass sie nicht drei oder vier Jahre älter war. Er hätte ihr noch auf ganz andere Weise gezeigt, was es für Konsequenzen hatte, ihn zu hintergehen. Aber an Kindern verging er sich nicht. So tief war er noch nicht gesunken.

Er setzte sich an den Tisch und trank einen kräftigen Schluck aus der Bierflasche, die er sich wenige Minuten zuvor geöffnet hatte. Dass die Kleine nicht am Leben bleiben konnte, hatte er vorgestern nur so dahingesagt. Aber je länger er darüber nachdachte, umso klarer wurde ihm, dass sie, wäre sie erst einmal wieder frei, eine ernst zu nehmende Gefahr für ihn und Marc darstellen würde. Dennoch bereitete der Gedanke ihm Unbehagen. Ein Kind zu töten war selbst in seinen Augen etwas, auf das er ganz und gar nicht scharf war.

Umso wütender wurde er auf Marc. Er sah vom Tisch auf, den er einige Minuten lang angestarrt hatte, und aus dem Fenster. Draußen wurde es langsam dunkel.

Plötzlich brüllte er: »Mensch, verdammt, mach, dass du herkommst. Du fährst spazieren, und ich …«

Mitten im Satz verstummte er; genauso plötzlich, wie er losgebrüllt hatte.

Marcello Cesano hatte den Hut tief ins Gesicht gezogen und den Kragen hochgeschlagen. An diesem Spätnachmittag im Februar wehte wieder einmal ein scheußlich kalter Wind. Zielstrebig ging er zu seinem Wagen und startete den Motor. Er fuhr so schnell von dem zum Hochhaus gehörenden Parkplatz, dass Annika, die am Steuer saß, Mühe hatte, ihm zu folgen. Und das, obwohl sie in einer riesigen Parkbucht am Straßenrand stand.

»Ruf Peter an, er soll sofort herkommen«, sagte sie zu Stefan, der das Handy bereits in der Hand hatte.

Während er telefonierte, fuhr Annika wie der Teufel hinter Marcello her, hatte aber trotzdem alle Mühe, ihm zu folgen. Er fuhr so schnell, dass sie ihn an der nächsten Ecke beinahe verloren hätten. Schließlich rechneten sie damit, dass er in den Taunus hinausfuhr und nicht in Richtung Hattersheim abbog.

»Vielleicht halten sie die Kleine im Hintertaunus gefangen. Dann wird er auf die Autobahn nach Wiesbaden wollen und am Wiesbadener Kreuz in Richtung Limburg fahren«, mutmaßte Stefan, und Annika stimmte ihm zu.

Umso verblüffter waren die beiden, als er nur drei Minuten später nicht auf die kurze Spange zur Auffahrt nach Wiesbaden fuhr, sondern die Autobahn überquerte und unmittelbar an der Hattersheimer Stadtgrenze die Auffahrt in Richtung Frankfurt nahm.

Auf der A 66 angekommen, fuhr Marcello etwas langsamer, und Stefan hatte Zeit, mit Peter und Verena zu sprechen.

»Wo seid ihr?«

»Wir sind auf der B 8, kommen gleich an die Anschlussstelle Höchst. Er fährt also wirklich nach Frankfurt?«

»Ja. Gerade biegen wir in Richtung Rödelheim-Messe ab.«

»Die sind schlau. Halten das Mädchen mitten in der Höhle des Löwen gefangen, darauf muss man erst mal kommen. Aber halt. Zwischen Rödelheim und dem Autobahnende am Anschluss West kommt noch das Westkreuz. Nicht dass der Lunte gerochen hat und auf die Autobahn nach Süden will. Es kann auch sein, der haut ab.«

In dem Moment entdeckte Stefan im Rückspiegel zwei Scheinwerfer, die hektisch auf- und abblendeten. Dazu meldete sich Peters Stimme aus dem Handy: »Wir sind jetzt hinter euch. Lasst euch zurückfallen, wir übernehmen.«

Peter hatte wirklich alles aus seinem Wagen herausgeholt, um Stefan und Annika einzuholen, bevor es ernst würde. Kurz vor dem Autobahnkreuz Frankfurt-West hatte er es geschafft. Er überholte Annika und reihte sich hinter Marcello Cesano auf der rechten Spur ein. Insgeheim vermutete er, dass dem jungen Mann der Boden unter den Füßen zu heiß wurde und er das Weite suchte.

Umso verblüffter war er, dass Marcello die Abzweigung in Richtung Darmstadt nicht beachtete und auf der Autobahn blieb, die unweit des Messegeländes direkt bei der Festhalle in einen riesigen Kreisverkehr und damit in den innerstädtischen Verkehr mündete. Seine Verwunderung legte sich auch nicht, als er feststellte, dass der junge Mann anscheinend genau wusste, wo er hinwollte. Zu zielsicher ordnete er sich ein und wechselte die Fahrspuren.

»Stefan, seid ihr noch da?«, fragte Peter, und aus seinem Mobiltelefon kam die Antwort: »Ja, drei Wagen hinter euch.«

Weiter ging die Fahrt durch das abendliche Frankfurt, am Hauptbahnhof vorbei über den Baseler Platz und über die Friedensbrücke auf die andere Mainseite nach Sachsenhausen. Die Sache wurde immer rätselhafter. Peter musste an eine Verfolgungsfahrt vor sieben Jahren denken. Da waren Stefan und er ebenfalls Ganoven durch ganz Frankfurt gefolgt, um dann nahe dem Westbahnhof in einen Hinterhalt zu geraten[5].

»Stefan, erinnerst du dich an Horst Barmstedt?«

»Und ob. Aber diesmal fallen wir nicht drauf rein«, kam die Antwort gerade aus seinem Handy, da durchfuhren sie auch schon den ruhigeren Teil der Stresemannallee.

Hier war deutlich weniger Verkehr, was bedeutete, dass Peter auf der Hut sein musste, um nicht bemerkt zu werden.

Aber Marcello Cesano schien sich jetzt vollkommen sicher zu fühlen, denn er rollte geradezu gemächlich durch die Straße. Als er schließlich den ovalen Kreisverkehr an der Mörfelder Landstraße durchfuhr, um weiter auf der Stresemannallee zu fahren, wussten weder Peter und Verena im ersten noch Stefan und Annika im zweiten Wagen, was sie davon halten sollten. So hätte Peter beinahe übersehen, dass der junge Italiener an der nächsten Wendestelle die Straßenbahngleise der Linie 17 überquerte, wenige Meter zurückfuhr und dann in die Teplitz-Schönauer-Straße abbog, wo er am Straßenrand nach einem Parkplatz suchte. Er fand ihn etwa hundert Meter weiter.

Aber auch die Detektive hatten Glück und konnten ihre beiden Wagen unweit davon am Straßenrand abstellen. Dann folgten sie ihm zu Fuß.

Der junge Mann, der erstaunlich arglos zu sein schien,

---

5   Vgl. Die Taunus-Ermittler, Band 5 – Blanke Gewalt

schlenderte den Gehweg entlang und bog schließlich in die Beuthener Straße ab, wo er vorm zweiten Hauseingang eines dreistöckigen Mehrfamilienhauses stehen blieb. Nur wenige Sekunden später tauchte mit eiligen Schritten ein weiterer junger Mann von der anderen Seite auf, und die beiden fielen sich in die Arme, als ob sie sich lange nicht gesehen hätten.

»Ein Familientreffen? Oder eine Besprechung unter Entführern? Vielleicht in einer geheimen Wohnung? Ist das kleine Mädchen dort gefangen?«, fragte Peter all die Dinge, die sich die anderen auch fragten.

Da ging im ersten Stock Licht an. Leider konnten sie nicht sehen, was in der Wohnung vor sich ging, da ihr Blickwinkel zu steil war.

»Da drüben auf dem Spielplatz steht ein Klettergerüst«, sagte Stefan. »Wenn ich raufsteige, kann ich bestimmt in die Wohnung sehen. Zum Glück haben wir unseren besten Feldstecher dabei.«

Gesagt, getan. Nicht einmal eine Minute später saß Stefan rittlings auf den Kletterstangen und hatte tatsächlich einen guten Blick in die Wohnung, die nicht allzu groß zu sein schien.

Aber schon wenige Augenblicke später kam Stefan wieder herunter und sagte: »Könnte es sein, dass wir auf der falschen Fährte sind?«

»Warum? Was hast du gesehen?«, fragte Peter, doch Stefan sagte nur: »Wir sollten rübergehen und uns selbst überzeugen.«

»Was ist denn da? Schieß schon los«, fragte Annika, und Verena schob hinterher: »Das will ich jetzt aber auch wissen.«

»Gehen wir«, sagte Stefan nur und marschierte los, die anderen folgten ihm.

Sie hatten Glück, denn gerade als sie an der Haustür ankamen, ging sie auf.

Ein älterer Herr kam mit seinem Dackel auf die Straße und murmelte, ohne sie zu beachteten, etwas in Richtung des Tieres: »Beeil dich heute mal, es ist verdammt kalt …« hörten sie noch, dann waren sie im Haus.

Sie stiegen in den ersten Stock hinauf und läuteten. Es tat sich nichts. Sie läuteten noch einmal, da kam Marcello Cesano an die Tür und öffnete. Alle außer Stefan staunten, denn er kam mit nacktem Oberkörper.

Als er die vier Detektive erblickte, fragte er verwundert und auch ein bisschen ängstlich: »Wer sind Sie? Polizei? Ich wusste gar nicht …«

In diesem Augenblick kam der zweite junge Mann, der noch weniger anhatte, aus den Tiefen der Wohnung, und die Detektive stellten fest, dass es nicht der von ihnen erwartete Matteo Cesano war. Er legte seinen Arm um Marcello und sagte zu ihm: »Nein, das ist nicht die Polizei. Die kämen nicht gleich mit vier Mann hier hoch wegen … Marcello, ich sag das jetzt, es muss ja irgendwann mal sein … wegen einem schwulen Pärchen. Auch dann nicht, wenn das ganze Haus sie auf der Abschussliste hat.«

An die Detektive gewandt sagte er: »Ich vermute, dass Sie Privatdetektive sind. Hat unser Verein Sie engagiert? Haben die Lunte gerochen?«

Anstatt zu antworten, sagte Peter: »Das mit den Detektiven stimmt. Ach – dann sind Sie der zweite Spieler, der so oft fehlt? Wie heißen Sie noch mal?«

»Woher wissen Sie das?«

»Ihr Trainer, Herr Rosenberger …«

»Also doch.«

»Nein, halt, er hat uns nicht engagiert. Wir kommen in

einer ganz anderen Sache. Sie haben doch sicher von dem schrecklichen Verbrechen gehört, das letzten Samstag dort geschehen ist.«

»Ja, klar, wer hat das nicht. – Ich bin übrigens Lukas Seipelt.«

»Okay, Herr Seipelt, wir ermitteln im Auftrag der Eltern des vermissten Mädchens.«

»Ach so«, sagte Seipelt gerade, da ging das Flurlicht an, und jemand kam die Treppe herauf.

»Kommen Sie schnell rein«, sagte der junge Mann nervös. »Wenn die alte Frau Meier sie sieht, heißt es morgen im nächsten Brief an die Hausverwaltung gleich, wir würden wüste Partys feiern. Die Frau hat uns auf dem Kieker und notiert jeden unserer Schritte hier im Haus.«

Die beiden jungen Männer führten die Detektive ins nicht allzu geräumige Wohnzimmer, Marcello, der sich wie sein Freund rasch etwas übergezogen hatte, holte noch zwei Stühle aus der Küche, und als alle saßen, fragte Peter: »Herr Cesano, Sie waren in der letzten Zeit oft nachmittags und abends weg. Wo?«

»Na, hier. Wie kommen Sie darauf?«

»Wir haben mit Ihrer Schwester gesprochen.«

Erschrocken blickte Marcello Peter an und fragte mit brüchiger Stimme: »Haben Sie ihr von …«

»Keine Angst«, beruhigte Stefan ihn, »wir wussten es selbst bis eben noch nicht.«

»Wie kommen Sie dann auf Marcello?«, fragte Lukas, der viel ruhiger als sein Freund war.

Stefan zog das Foto, mit dem sie beim Trainer gewesen waren, aus der Tasche und hielt es Marcello hin. »Wer ist das?«, fragte er. »Chiaras kleine Schwester Lara hat uns diesen Tipp gegeben.«

»Das ist mein Bruder Matteo.«

»Ihre Schwester meint, er ist in Italien, warum?«

»Die beiden haben nicht das beste Verhältnis zueinander, und mit Fabian ist es noch schwieriger. Matteo ist hier in Deutschland, weil er eine Weile hier leben will. Ich habe Kontakt zu ihm.«

»Ach ja? Wissen Sie, wo er wohnt?«

»Das nicht, aber er meldet sich regelmäßig bei mir. Er hat auch schon beim Handball zugesehen.«

»Wann hat er sich das letzte Mal bei Ihnen gemeldet?«

»Letzten Freitag. Wir telefonieren oft freitags miteinander.«

»Okay, so viel dazu. Wie kommt es, dass Sie sich stundenweise hier in dieser Wohnung treffen?«

Nun übernahm es wieder Lukas Seipelt zu sprechen: »Eigentlich wollten wir zusammen hierherziehen, sobald Marcello sich geoutet hat. Aber auch wenn es im Handball weltoffener als zugeht als im Fußball, ist es in dieser Sportlerszene nicht so einfach, offen schwul zu leben. Als dann auch noch das Gerücht umging, dass ein Talentscout im Rhein-Main-Gebiet die kleinen Vereine abklappert, haben wir auf Marcellos Wunsch unsere Beziehung vorerst noch geheim gehalten, was ich voll und ganz verstehe. Außerdem ist es vielleicht ganz gut so, denn hier in diesem Haus bekommen wir ohnehin kein Bein auf die Erde.«

»Ach ja, wie sagten Sie noch – Frau Meier?«, fragte Verena.

»Genau.«

»Dann werden wir noch einmal mit Frau Meier sprechen. Wenn sie bestätigen kann, dass Sie zu den fraglichen Zeiten hier waren, sind Sie uns los. Meinen Sie, die kann das?«

»Ganz bestimmt. Die führt über jeden unserer Schritte Buch.«

»Okay, dann war's das erst mal«, sagte Peter, und die vier verabschiedeten sich. An der Tür drehte sich Peter noch einmal zu den beiden um, und er bemerkte, wie Lukas seinem Freund voller Zuneigung und Leidenschaft einen Blick zuwarf, den er kürzlich schon einmal gesehen hatte. Während sich die Tür hinter ihnen schloss, wurde ihm klar, dass Benjamin seinen Stiefsohn genauso angesehen hatte, als er am Nachmittag nach Hause gegangen war.

Wenig später läuteten die Detektive bei Frau Meier, einer rundlichen Endsechzigerin, die, wie man sofort merkte, nur eine Leidenschaft kannte: anderen Leuten das Leben schwerzumachen.

Stefan hatte den Finger kaum von der Klingel genommen, da flog die Tür auch schon auf, und die Alte keifte: »Wer sind Sie, was wollen Sie hier? Ich hab Sie doch gerade oben bei den Perversen gesehen. Solchen Abschaum brauchen wir hier nicht! Das ist ein anständiges Haus.«

Peter wäre am liebsten gerade wieder gegangen, und ein Blick in die Gesichter seiner Begleiter sagte ihm, dass es ihnen nicht viel anders erging. Dennoch machte er gute Miene zum bösen Spiel, ging auf das dumme Geschwätz der alten Frau ein und sagte: »Entschuldigen Sie, gnädige Frau, darf ich da etwas richtigstellen? Wir sind Detektive und ermitteln in einem Entführungsfall.«

Sofort änderte sich auch der Gesichtsausdruck der Frau, und auch ihre schroff ablehnende Körperhaltung entspannte sich zusehends.

»Sie ermitteln gegen die beiden?«, fragte sie neugierig und fast schon hoffnungsvoll. »Wer wurde denn entführt?«

»Ein Kind.«

»Das sieht diesen Perversen ähnlich, sich an einem Kind

zu vergehen. Ich hab's ja gewusst, denen ist nicht zu trauen. Was ist nun, waren's die beiden?«

Um die unerträglichen Ergüsse dieser keifenden Alten zu unterbrechen, stieg nun auch Stefan in das Spiel mit ein.

»Nun ja, es könnte sein …«

»Sehr gut. Was wollen Sie wissen?«

Nun zog Peter, zur Verblüffung der anderen drei, ein Blatt Papier aus der Tasche und hielt es der Frau hin. Dazu sagte er: »Wenn Sie uns sagen könnten, ob die beiden zu diesen Zeiten hier im Haus waren, würde uns das sehr weiterhelfen.«

Frau Meier setzte ihre Brille auf, nahm das Papier entgegen und besah es sich genau. Nach schweigsamen zwei Minuten fragte sie: »Wenn sie zu diesen Zeiten hier waren, sind sie's gewesen?«

»Die Wahrscheinlichkeit erhöht …«, begann Stefan, aber das genügte der Frau bereits, und mit geradezu hörbarer Genugtuung sagte sie: »Warten Sie hier, ich hole meine Aufzeichnungen.«

Auch wenn sie sich über das Auftauchen der Detektive freute, so weit, sie in die Wohnung zu bitten, ging ihr Vertrauen dann doch nicht. Aber schon nach wenigen Augenblicken kam sie mit einer dicken Kladde zurück, schlug sie auf und verglich ihre Aufzeichnungen mit den Daten auf dem Zettel.

Nach nur wenigen Augenblicken sagte sie triumphierend: »Sehen Sie, das deckt sich beinahe vollkommen.« Dazu hielt sie Peter das Buch und den Zettel hin.

Peter verglich die Zeiten ebenfalls und sagte dann: »Danke, Frau Meier, Sie haben uns wirklich weitergeholfen. Was wären wir ohne aufmerksame Nachbarn wie Sie.«

Das war Balsam auf Frau Meiers geschundene Spießerseele.

»Man tut, was man kann«, sagte sie und fügte dann hoffnungsvoll hinzu: »Sorgen Sie dafür, dass die möglichst schnell festgenommen werden. So etwas will man schließlich nicht in seinem Haus haben.«

»Oh, da haben Sie mich falsch verstanden«, sagte Peter kühl. »Ihre Aufzeichnungen belegen, dass die beiden jungen Männer unschuldig sind. Sie waren zur Tatzeit hier.« Dann ließ er die Alte mit offenem Mund stehen und ging schnell hinüber zur Treppe und ins Erdgeschoss. Die anderen folgten ihm, und als sie vor dem Haus standen, fragte Stefan ungehalten: »Was war denn das für ein Zettel? Welche Alleingänge führst du schon wieder hinter unserem Rücken aus?«

»Entschuldigt, aber es war einfach keine Zeit mehr, euch darüber zu unterrichten«, sagte Peter. »Ich habe gestern Abend, ziemlich spät, noch mal bei Fabian Fuhrmann angerufen und ihn gebeten, mir aufzuschreiben, an welchen Tagen Marcello Cesano das Haus verlassen hat, ohne zu wissen, wo er hingeht, und erst sehr spät oder gar nicht zurückgekommen ist.«

»Prima. Hättest du ruhig mal erwähnen können.«

»Ich hab's heute Morgen, ehrlich gesagt, vergessen. Erst als die Mail von Fuhrmann reinkam, hab ich wieder dran gedacht.«

»Na ja«, sagte Stefan, und man merkte ihm an, dass Peters Alleingänge ihn ärgerten. Die beiden Frauen wollten vermitteln, und Annika sagte: »Das heißt aber auch, dass wir einen Verdächtigen weniger haben …«

»Ja, Marcello ist wohl aus dem Schneider«, pflichtete Peter ihr bei. »Die Aufzeichnungen dieser keifenden alten Schachtel sind nahezu deckungsgleich mit der Liste von Fabian Fuhrmann. Sie differieren lediglich um die vermutlichen Fahrzeiten. Aber was hat Marcello eben erwähnt? Sein Bruder ist in Deutschland, wo ihn niemand vermutet. Außerdem ist er der Mann auf dem Bild. Also dürfte das eine weitere Spur darstellen. Im Übrigen komme ich langsam immer mehr zu dem Schluss, dass eine Spur auch direkt nach Italien führt.«

»Warum?«

»Mir kommt Florenz oder die Gegend drum herum ein bisschen oft vor in diesem Fall. Das Jagdmesser, das verwendet wurde, gibt es auch vorrangig dort. Außerdem ... o scheiße, das wisst ihr auch noch gar nicht. Claus hat mich angerufen, dass vor dem Haus seiner Nachbarn ein Wagen aus Florenz steht.«

»Ach, wirklich?«, sagte Verena, und Stefan meinte nachdenklich: »Hat Herr Partolucci nicht erwähnt, dass er auf dem Römerberg in einem italienischen Nobelrestaurant arbeitet?«

»Ja. Ich weiß, worauf du hinauswillst«, stimmte Peter ihm zu. »Sein Chef stammt wie auch Ivanna Fuhrmann und ihre Geschwister aus dem Großraum Florenz, und er bietet florentinisch angehauchte Küche an. Wie hat er gesagt? Obwohl sie eigentlich gehobene Küche anbieten, also nicht gerade billig sind, entwickelt sich das Lokal immer mehr zum Treffpunkt seiner Landsleute in Frankfurt. Unter diesen Gästen seien manche Herrn Partoluccis Chef auch gar nicht so genehm, da sie das Niveau des Lokals abzusenken drohten. – Stefan, du bist spitze. Ich hab all dem gestern kaum Bedeutung beigemessen, weil ich viel zu sehr auf diesen Marcello fokussiert war. Aber nahezu alle Beteiligten stammen aus derselben Gegend.«

»Der Abend ist noch jung, lass uns doch mal dort hinfahren«, sagte Verena, und Annika stimmte ein: »Ja, Peter, wir setzen uns ins Lokal, und du lässt dein phänomenales Gehör mal wieder im Raum spazieren gehen.« Alle wussten aus Erfahrung, wenn es irgendetwas Verdächtiges zu hören gäbe, würde er es ausfiltern.

»Verdammt, ihr seid alle Spitzenklasse. Los, nichts wie hin«, sagte Peter begeistert, und sie stiegen in ihre Wagen, bei denen sie inzwischen angekommen waren.

Peter sollte vorausfahren, da er den Weg dorthin und ins nächste Parkhaus am besten kannte.

Nun fuhr Annika mit Peter, und Verena folgte ihnen mit Stefan. Kurz bevor sie ins Parkhaus gelangten, sagte Peter zu seiner Beifahrerin: »Dort heute noch mal anzusetzen war ein guter Gedanke von euch. Ich hoffe nur, dass mein Gehör mitspielt.«

»Wieso?«

»Der letzte Besuch beim Ohrenarzt … ach, lassen wir das im Moment.«

Annika schwieg, denn sie wusste, wie sehr sich Peter auf sein Gehör verlassen konnte, das ihnen schon mehr als einmal wertvolle Hinweise geliefert hatte, die keiner außer ihm mitgekriegt hatte.

Während Peter einparkte, dachte er an den erwähnten Arztbesuch im letzten Spätherbst zurück, als seine Mittelohrentzündung behandelt worden war. Dort hatte er erfahren, dass sein Gehör wohl nie mehr dieselbe außergewöhnliche Hörleistung erbringen würde wie vor seiner Erkrankung.

Schweigsam ging er mit den anderen zu dem Lokal und dachte: *Nun ja, ich habe sonst meine Sinne beisammen, und wirklich schlecht höre ich nicht.* Das hatte auch der Ohrenarzt vehement verneint, als er ihn gefragt hatte, ob er denn nun bald ein Hörgerät brauche.

Als sie das Restaurant betraten, sahen sie gleich, was Paolo gemeint hatte. Während im ganzen Raum die Tische weiß gedeckt waren und schwarz gekleidete Kellner in Scharen um vornehm gekleidete Damen und Herren herumwuselten, standen an der einen Wand vier Tische, die von Leuten in Jeans und Pullover besetzt waren. Sie wirkten irgendwie deplatziert und hätten viel besser in eine der zahlreichen Pizzerien und Trattorien in der Umgebung gepasst.

Aber auch die vier Detektive waren nicht dem Lokal entsprechend gekleidet. Sie sahen eher wie hungrige Touristen aus, die sich hierher verirrt hatten.

Sofort kam der Oberkellner auf sie zu und sagte: »Meine Damen, meine Herren, ich fürchte, wir haben keinen Tisch mehr frei. Sie hätten vorher reservieren sollen.«

»Das ist schade«, sagte daraufhin Peter. »Unser Freund Paolo Partolucci, Ihr Küchenchef, hat uns Ihr Lokal wärmstens empfohlen.«

»Ach, Sie sind Freunde von Herrn Partolucci? Dann muss ich einmal fragen, ob vielleicht in Kürze etwas frei wird.«

Der Kellner entfernte sich, kam aber schon wenige Augenblicke später zurück und sagte: »Sie haben Glück. Ein kleiner Tisch, gerade groß genug für vier Personen, wird in wenigen Augenblicken frei. Sehen Sie, dort in der Mitte des Raums. Wenn er Ihnen genehm ist ...«

»Aber ja«, sagte Stefan sofort, obwohl sie unter anderen Umständen ganz und gar nicht mit dem Platz einverstanden gewesen wären.

Er eignete sich jedoch vorzüglich, um den ganzen Raum beobachten zu können.

Die vier ließen sich nieder und bestellten erst einmal einen Aperitif. Während sie darauf warteten, ließen sie ihre Blicke schweifen, und der erste Eindruck war ernüchternd.

Auch wenn die einfachen Leute an den Randtischen vielleicht nicht ganz ins Bild passten, zwielichtig oder gar verdächtig wirkten sie auf keinen Fall.

Dann kam der Aperitif und mit ihm die Speisekarte.

»Wir können ja etwas essen, Hunger habt ihr doch sicher alle«, sagte Peter, dann sah er die Preise.

Für ein komplettes Menü mit vier Gängen wären mindestens siebzig Euro fällig. Der korrespondierende Wein dazu würde pro Flasche mit mindestens fünfzig Euro zu Buche schlagen.

Noch während sie beratschlagten, ob ihre Kasse so viel hergab, trat Paolo Partolucci an ihren Tisch.

»Ach, Sie sind hier?« Dann setzte er leise und fast unhörbar hinzu: »Dienstlich oder privat?«

»Teils, teils«, antwortete Stefan. »Sie arbeiten wieder? Haben Sie keinen Urlaub genommen?«

»Ich hatte es vor, aber zu Hause halt ich es nicht aus. Außerdem will ich ja nicht auffallen.«

»Wir haben gerade vergeblich eine Spur verfolgt und sind nun hungrig«, sagte Stefan betont beiläufig. »Die Preise hier sind aber recht hoch.«

»Möchten Sie lieber die Spezialkarte, die sonst meine Landsleute dort drüben … ach nein, machen wir es anders. Ich lade Sie ein. Suchen Sie sich etwas aus; ich sage auch dem Kellner Bescheid.«

»Danke, das ist sehr freundlich von Ihnen«, sagte Peter, und Paolo Partolucci, der sich schon zum Gehen gewandt hatte, antwortete: »Sie tun so viel für uns, da kann ich mich doch einmal revanchieren.« Dann verschwand er in Richtung Küche.

Kaum war er weg, fragte Peter: »Hast du ihm extra nicht gesagt, dass wir in seinem Umfeld ermitteln wollen?«

»Klar. Was er nicht weiß, kann er nicht ausplaudern, auch nicht versehentlich.«

»Gut gemacht.«

Sie bestellten ein Drei-Gänge-Menü im unteren Preissegment und die günstigste Flasche Weißwein, die auf der Karte zu finden war. Danach versuchte Peter, sich in die Gespräche an den anderen Tischen einzuklinken. Aber sein früher so zuverlässiges Gehör, das er auf jeden beliebigen Tisch im Raum hatte ausrichten können, hatte an diesem Abend keine rechte Lust. Im näheren Umfeld, wo es nichts Interessantes zu hören gab, funktionierte es noch ganz gut, aber von den Gesprächen an den weiter entfernten Tischen verstand er nur so wenig Fragmente, dass er kaum in der Lage war, daraus einen vernünftigen Satz zu bilden.

Einmal glaubte er zwar den Namen Partolucci herauszuhören, aber es half nichts: Der Rest des Satzes ging in den Tiefen des Raumes verloren.

Inzwischen hatten sie ihr Essen bekommen und aßen mit Genuss, denn es schmeckte vorzüglich. Nur Peter registrierte das kaum, da er nach wie vor angestrengt lauschte. Es war wie verhext, er kam einfach nicht in die Gespräche hinein.

Plötzlich fesselte etwas anderes seine Aufmerksamkeit. Drei Herren kamen zur Tür herein. Sie trugen zwar teure Anzüge und Krawatten, aber zwei von ihnen wirkten dennoch in keiner Weise elegant und irgendwie verkleidet. Der dritte jedoch verfügte schon rein optisch über eine starke Autorität. Kaum hatte er eine minimale Handbewegung gemacht, da räumten zwei der eher leger gekleideten Gäste bereitwillig ihren Tisch in der Ecke und setzten sich bei anderen, vermutlich ebenfalls Landsleuten, dazu.

Die drei Herren nahmen mit einer Selbstverständlichkeit den Tisch in Besitz, als wenn er ihnen gehörte.

Da die vier Detektive inzwischen fast fertig gegessen hatten, stieß Peter Stefan an, aber der hatte die drei auch schon bemerkt. Und aus seiner Position hatte er sie gut im Blick. Er nickte Peter fast unmerklich zu und behielt die Männer weiter im Auge. Dass mit ihnen irgendetwas nicht stimmte, war ihm sofort klar. Die beiden Begleiter des eleganten Mannes sahen unentwegt auf die Uhr und tranken den Wein, den ihr mutmaßlicher Anführer bestellt hatte, in großen Zügen.

»Sauft nicht so«, sagte der Mann so laut auf Italienisch zu seinen Begleitern, dass es selbst Stefan verstand, der ein paar Brocken der Sprache konnte.

Vielleicht zehn Minuten später raunte der Herr leise etwas zu seinen Begleitern. Da standen die beiden auf und gingen in Richtung Toilette. Die Detektive hatten sich, bevor sie das Lokal betreten hatten, bereits ein wenig umgesehen. Deshalb wussten sie, dass der Flur nicht nur zu den Toiletten, sondern auch in einen Hinterhof mit Parkplätzen führte, der wiederum über eine Zufahrt von der Straße her zu erreichen war. Stefan stand unauffällig auf und folgte ihnen. Peter wäre gern mitgekommen, aber Stefan gab ihm ein Zeichen, sitzenzubleiben. Er hatte recht. Wenn sie jetzt alle nach draußen gegangen wären, wäre das aufgefallen.

Peter, Verena und Annika saßen wie auf glühenden Kohlen, und als Stefan nach zehn Minuten immer noch nicht zurück war, hielt es Verena nicht mehr an ihrem Platz.

»Ich geh jetzt nachsehen. Egal, was ihr sagt.«

»Ich komme mit«, sagte Annika, und als Peter ebenfalls aufstehen wollte, sagte sie: »Behalt du den Boss im Auge. Wir kommen schon zurecht.«

Peter fügte sich und sah unauffällig zu dem Mann hin,

der ungerührt an seinem Weinglas nippte. Er schien von den vier Detektiven keinerlei Notiz zu nehmen.

In dem Augenblick kamen die beiden Frauen zurück. Zwischen ihnen war Stefan, der sich mehr vorwärtsschleppte, als dass er ging. Aus seiner Nase tropfte Blut. Ein paar Gäste an den Nachbartischen drehten sich neugierig um, einige erschraken und begannen zu tuscheln.

Zeitgleich mit Peter war der Oberkellner zur Stelle und fragte: »Was ist geschehen?«

»Mein Mann wollte draußen eine Zigarette rauchen, da ist er überfallen worden«, schwindelte Verena den Kellner an, der, statt zu helfen, etwas ratlos sagte: »Ja, Frankfurt ist schon ein gefährliches Pflaster.«

Dann wandte sich Peter an den Mann: »Sie wissen ja Bescheid. Herr Partolucci hat uns eingeladen. Dass für uns der Abend an dieser Stelle zu Ende ist, dürfte klar sein.«

»Ist in Ordnung. Wollen Sie nicht die Polizei …«

»Nein, was können wir ihr schon sagen? Die sind längst über alle Berge.«

»Wie Sie meinen«, sagte der Kellner überraschend gleichgültig, und Peter fragte sich, ob sein Verhalten vielleicht tiefere Gründe hatte.

Erst dann fiel ihm der Mann an dem Tisch in der Ecke wieder ein. Er fuhr viel zu schnell zu ihm herum, um nicht aufzufallen, aber es war egal. Der Tisch war leer. Der elegante Mann in der Ecke hatte still und leise das Weite gesucht.

»Stefan, wie geht's dir, kannst du reden?«, fragte Peter, aber Stefan war noch immer sehr angeschlagen und murmelte nur: »Oh, mein Kopf.«

»Okay, es ist ohnehin halb elf, fahren wir heim. Verena, steck Stefan in die Koje, und morgen früh um acht treffen wir uns alle im Büro.«

Bei Luigis Frau lagen sämtliche Nerven blank. Die ständigen Anrufe seiner politischen Gegner, die nur den einen Zweck hatten: zu kontrollieren, ob er spurte, führten sie fast an den Rand des Wahnsinns. Zumal sie sich mit keiner Silbe anmerken lassen durfte, dass sie Bescheid wusste, wer sie waren. Stattdessen musste sie möglichst unbefangen ihre Fragen beantworten, obwohl sie ihnen stattdessen am liebsten einige unbequeme Wahrheiten an den Kopf geschleudert hätte.

So trank sie viel zu viel Chianti und rauchte eine Zigarette nach der anderen, obwohl sie es auf Anraten ihres Arztes eigentlich vor einem halben Jahr aufgegeben hatte.

Arme Chiara, dachte sie, *was machst du in diesen Augenblick? Geht es dir wenigstens einigermaßen gut? Misshandeln sie dich nicht? Ob wir dich jemals wiedersehen?*

Mit fahrigen Händen zündete sie sich den nächsten Glimmstängel aus ihrem Vorrat an, den sie noch immer im Wohnzimmerschrank hortete. Dann musste sie an Lara, ihre jüngere Nichte, denken, die mit geradezu abgottischer Liebe an ihrer großen Schwester hing. Wie würde die Kleine das alles verkraften?

Wie lange sie grübelnd im Wohnzimmer gesessen hatte, wusste sie nicht, ja bemerkte nicht einmal, dass die Fernsehshow auf Rai 1, die bereits den ganzen Abend im Hintergrund lief und die sie normalerweise mit ihrem Mann zusammen angesehen hätte, längst vorüber war. Umso heftiger fuhr sie zusammen, als plötzlich das Telefon, das in der letzten Stunde endlich einmal geschwiegen hatte, erneut zu läuten begann.

Sie nahm ab und fuhr denjenigen am anderen Ende unwirsch an, was denn los sei. Im gleichen Augenblick hätte sie sich auf die Zunge beißen können, denn was war, wenn sie sich nun verraten hatte?

Als ihr aber die Stimme von Laura, der Sekretärin ihres Mannes, entgegendrang, war sie fast schon erleichtert; und das, obwohl sonst immer eine hintergründige, nie offen ausgetragene Rivalität zwischen den beiden Frauen herrschte.

Aber an diesem Abend war das anders. Gina merkte zwar, dass Laura das seltsame Verhalten ihres Mannes aufgefallen war und sie sich Sorgen machte, doch was unter normalen Umständen ein Gefühl der Eifersucht bei ihr ausgelöst hätte, tat ihr dieses Mal fast schon gut.

Zeigte es ihr doch, dass sie mit ihren Ängsten und ihrer Verzweiflung nicht allein war.

So plauderten die beiden Frauen eine ganze Weile, und Gina gab sich um einiges fröhlicher, als ihr zumute war, um die andere gar nicht erst auf die Gründe der plötzlichen Abreise Luigis nach Deutschland kommen zu lassen. Als sie glaubte, das einigermaßen gut geschafft zu haben, beendete sie das Gespräch und legte auf.

8.

Am nächsten Morgen, Stefan fühlte sich wieder fit und munter, trafen sich alle fünf schon vor acht im Büro. Es schien gerade so, als hätten sie sich gegenseitig übertrumpfen wollen, wer als Erster mit neuen Erkenntnissen am Arbeitsplatz war.

Denn kaum hatten sie sich an ihrem neuen, großen, ovalen Besprechungstisch zu einem Arbeitsfrühstück niedergelassen, platzte Claus auch schon heraus: »Stellt euch vor, der italienische Wagen gehört Paolos Bruder Luigi.«

»Na ja, der wird eben gekommen sein, um seinem Bruder beizustehen. Die Italiener sind nun mal ein sehr familiär eingestelltes Volk, was mir übrigens gut gefällt.«

»Peter, das hab ich auch zuerst geglaubt. Bis ich hörte, was er von Beruf ist.«

»Messerfabrikant vielleicht?«, versuchte Stefan einen Scherz, aber Claus sagte: »Nein, besser – Lokalpolitiker mit höheren Ambitionen.«

»Wieso besser ...«, begann Verena, fuhr dann aber fort: »Ach so, du meinst die Entführung soll ihn treffen?«

»Ja, und im Grunde hat er mich selbst darauf gebracht, obwohl er das vermutlich gar nicht wollte. Ich konnte mich mit ihm unterhalten, er spricht erstaunlich gut Deutsch. Und ich hatte den Eindruck, dass er eigentlich gar nicht so sehr an unserer Mitarbeit interessiert war. Ich denke, er hatte einfach Angst um das Leben von Chiara, weil er die Hintermänner kennt und genau weiß, wieweit sie zu gehen bereit sind.«

»Aber warum wählen seine Erpresser einen so umständlichen Weg?«, fragte Annika.

»In seiner Heimatstadt ist es allgemein bekannt, dass er und seine Frau keine Kinder bekommen können und er sehr an seinen Nichten hängt, ganz besonders an Chiara – fast so, als wäre sie seine eigene Tochter. Deshalb die relativ niedrige Lösegeldsumme. Daran soll es schließlich nicht scheitern. Vielmehr geht es vermutlich darum, einen politischen Gegner unter Druck zu setzen, vielleicht sogar ganz aus dem Weg zu räumen.«

»Hätten sie ihn da nicht einfach nach bester Mafia-Manier ermorden können?«

»Das hat man mit einem weniger bekannten Kandidaten auch getan. Aber Luigi ist in der Stadt so beliebt, dass ein solcher Schritt genauso gut hätte nach hinten losgehen können.«

»Stimmt«, sagte Peter nachdenklich, »du meinst also, irgendwann in den nächsten Tagen hören wir, dass Luigi von der Kandidatur zurücktritt?«

»Könnte ich mir vorstellen.«

»Dann wäre das mit dem Motiv also geklärt. Kommen wir zu den Tätern. Einer ist raus aus dem Rennen.«

»Du meinst Marcello, warum?«, fragte Claus enttäuscht.

»Seine Geheimniskrämerei hatte ganz private Gründe«, sagte Peter und berichtete Claus von dem heimlichen Liebesnest in Sachsenhausen und der schwatz- und boshaften Nachbarin, die Marcello und seinem Freund unwillentlich ein lupenreines Alibi verschafft hatte.

»Das ist gut«, meinte Claus, und man hörte die Schadenfreude in seiner Stimme deutlich. Doch dann fügte er nachdenklich hinzu: »Aber wenn sie so dicht an Luigi dran sind, sollten wir dann nicht auch Paolos Umfeld ...«

»Wenn du das *Da Alfredo* auf dem Römerberg meinst – schon geschehen. Siehst du Stefans geschwollene Nase? Ich denke, er hatte gestern Abend so etwas wie eine Begegnung der dritten Art. – Stefan, du bist dran. Es geht doch wieder, oder?«

»Klar, ich bin hart im Nehmen, aber das müsstet ihr inzwischen eigentlich wissen«, sagte Stefan, fast schon ein bisschen beleidigt.

Dann umriss er kurz, wie sie im Lokal gesessen und von Paolo zum Essen eingeladen worden waren.

Das veranlasste Claus zu schmollen: »Typisch. Ihr habt mal wieder die guten Termine, während ich ...«, aber Peter unterbrach ihn sofort: »Claus, ich lad dich, wenn alles vorbei ist, ganz feudal zum Tafeln ein. Das hast du verdient. So, Stefan, weiter.«

Als er an der Stelle ankam, wo er den beiden Gestalten nach draußen gefolgt war, sagte er: »Sie trafen sich zu einer recht heftigen Debatte mit zwei weiteren Leuten, und es ging ganz offensichtlich um die entführte Chiara.«

»Wie kommst du darauf?«, fragte Peter stellvertretend für alle.

»Der eine sagte auf Italienisch so etwas wie: Ich traue diesen zwei Trotteln nicht. Sie hätten es beinahe schon einmal versiebt. Und die andere Sache hätte auch nicht passieren dürfen. Wenn einer von den Bullen den richtigen Riecher hat, dass dieser zweite Tote ... was sie dann sagten, habe ich nicht verstanden, denn ich bin an irgendetwas gestoßen, das leise gescheppert hat. Da haben sie sich sofort umgeschaut und nur noch geflüstert. Ich konnte mich zum Glück im Schatten verbergen, da waren sie erst mal beruhigt. Sie haben zuerst leise weitergeredet, dann wurden sie wieder lauter, weil sie sich unbeobachtet fühlten. Ich hörte nur noch … und das Geld? Da sagte einer von denen, der von drinnen gekommen war: Nehmen wir natürlich mit. Wir hatten schließlich Unkosten. Dazu lachte er in einer Art und Weise … einfach grausam. Dann sagte er: Wenn wir das Geld haben, geht ihr hin und legt die beiden um, worauf einer der anderen zwei fragte: Und die Kleine? Am besten gleich … Mehr habe ich nicht gehört, denn dann gingen bei mir die Lichter aus.«

»Wie das?«, fragte Claus, und Annika schloss sich an.

»Als wir dich fanden, hast du dich gerade vom Boden aufgerappelt.«

»Die müssen mich wohl doch bemerkt haben, und weil sie im Schatten des Torbogens standen, hab wiederum ich nicht bemerkt, dass einer sich an mich herangeschlichen hat. Ich hatte mir ja zur Tarnung eine Zigarette angezündet und am Lichtpunkt der Glut sah er, wo ich stehe. Ich wollte gerade etwas näher an die vier heranschleichen, um besser zu verstehen, da sah ich nur noch eine Faust auf meine Nase zurasen. Ich knallte mit dem Hinterkopf an die Hauswand und ging anschließend zu Boden. Übrigens ist mein Portemonnaie weg. Es sollte wohl wie ein ganz gewöhnlicher Raubüberfall aussehen.«

»Hattest du irgendwas dabei, was dich ihnen gegenüber als Detektiv ausgewiesen hat?«, fragte Peter.

»Hältst du mich für bekloppt? Alle meine Papiere waren bei Verena in der Handtasche. Sonst wäre das Mädchen so gut wie tot, und auch ich hätte vermutlich ein Messer zwischen den Rippen gehabt. So haben sie mich für einen ganz normalen deutschen Restaurantgast gehalten, der weder

Italienisch versteht noch ahnt, worum es geht. Der ihnen beim Rauchen einfach nur unbeabsichtigt zu nahe kam. Falls die Polizei ihnen doch noch auf die Schliche kommen sollte, könnte er vielleicht ihre Gesichter identifizieren. Das haben sie im Keim unterbunden, indem sie ihn zum Schein überfielen, bevor er Genaueres sehen konnte.«

»Gut analysiert. Jetzt wissen wir, dass wir auf der richtigen Fährte sind. Wir haben es mit einer gut organisierten Bande zu tun und nicht mehr allzu viel Zeit. Wenn das Geld erst gezahlt ist, ist es zu spät. Außerdem wissen wir, dass es zwei Entführer gibt, die offenbar etwas kopflos handeln und mindestens ein weiteres Verbrechen begangen haben. Hier können wir ansetzen. Olli soll alles ausgraben, was es zu schweren Straftaten im Rhein-Main-Gebiet in den letzten fünf Tagen zu erfahren gibt.«

»Der wird sich freuen«, sagte Verena und grinste.

Im Hause Partolucci war unterdessen eine hitzige Debatte im Gange.

Luigi sagte vorwurfsvoll zu seinem Bruder: »Du solltest doch keine Polizei einschalten. Dann bringen sie die Kleine um. Ich weiß, wovon ich spreche. Die machen das.«

»Wieso Polizei? Claus Mergentheimer und seine Leute sind Privatdetektive.«

»Das ist noch schlimmer. Die sind richtig gut. Ich hab mich im Internet informiert, und dieser Mergentheimer war früher der ranghöchste Kommissar bei der Kripo in Hofheim, ich weiß das«, sagte Luigi noch bemüht ruhig, um dann laut brüllend fortzufahren: »Mensch, Paolo, was hast du dir dabei gedacht. Hoffentlich ist das Lebenszeichen, das sie geschickt haben, noch etwas wert!«

Nicht einmal eine halbe Stunde zuvor hatte ein Briefumschlag im Briefkasten gelegen, der außer einem USB-Stick mit einer Aufnahme der weinerlichen Stimme Chiaras, die ihre Eltern anflehte, ihr zu helfen, nur noch einen Computerausdruck enthielt, auf dem stand: »Noch lebt die Kleine.«

»Soll ich den USB-Stick der Polizei geben?«, fragte Paolo seinen Bruder, aber statt zu antworten, fasste sich dieser nur wenige Sekunden später an die Brust und rang nach Luft. Sein Atem ging stoßweise, und er konnte kaum sprechen.

»Ruf, ruf in der … der Privatklinik von Doktor Sartorius in … in Königstein an. Die sollen einen … Wagen schicken.«

Luigi sank neben der Couch zu Boden, saß mitten im Wohnzimmer auf dem Parkett und presste seine Hände vor die Brust, während sein Bruder hektisch mit der Klinik telefonierte, in der sein Bruder vor einigen Jahren einmal einen akuten Erschöpfungszustand auskuriert hatte, als er sich in seinem Beruf zu viel zugemutet hatte. Paolo hatte noch die Worte im Ohr, mit denen der Arzt seinen Bruder damals gewarnt hatte, es nicht zu übertreiben, da es beim nächsten Mal bestimmt nicht so glimpflich ausgehen würde.

Nicht einmal eine Stunde später saß Luigi Partolucci bereits im Behandlungszimmer Doktor Sartorius gegenüber, der ihn kurz zuvor eingehend untersucht hatte.

Der Arzt schüttelte den Kopf und fragte: »Was sollte das, Signore Partolucci? Sie sind kerngesund. Selbst Ihren Zusammenbruch vor nun fast fünf Jahren haben Sie hervorragend weggesteckt. Warum spielen Sie meinen und Ihren Leuten einen Herzanfall vor?«

»Ich weiß, dass ich Ihnen nichts vormachen kann, Dottore«, sagte Luigi überraschend nachgiebig, »aber ich hoffe trotzdem auf Ihre Mithilfe. Das Leben meiner Nichte hängt davon ab.«

Dann schilderte er dem erfahrenen Arzt, was geschehen war, und der Mediziner hörte aufmerksam zu. Er hatte es in seiner Laufbahn schon mit zahlreichen Reichen, Schönen und Prominenten zu tun gehabt und kannte deren Marotten zur Genüge. Da er sich von deren Geldern in den letzten fünfzehn Jahren eine hochmoderne Privatklinik mit angegliedertem Sanatorium im Königsteiner Ortsteil Falkenstein hatte bauen können, die inzwischen nicht nur bei der High Society einen hervorragenden Ruf besaß, war er es gewohnt, so einiges zu akzeptieren, ohne nachzufragen. Aber das ging zu weit.

Als der italienische Politiker geendet hatte, sagte er: »Ich kann Sie gut verstehen, aber ganz so, wie Sie sich das vorgestellt haben, läuft es nicht. Sie können gern hierbleiben und nach außen die Fassade vom erneuten Zusammenbruch aufrechterhalten. Aber ich habe von einem Verbrechen erfahren und muss darüber die Polizei verständigen. Stellen Sie sich vor, ich tue es nicht, und Ihrer Nichte passiert etwas. Dann bin ich ruiniert. Das bleibt an mir hängen, ob ich will oder nicht.«

»Aber wenn ich oder Sie die Polizei verständigen und ihr passiert etwas, was ist dann?«

»Dann wissen wir wenigstens, dass wir es nicht hätten verhindern können. Ich denke, die Polizei wird auf Ihr Spiel eingehen und nur im Hintergrund agieren, um das Leben des Mädchens nicht zu gefährden. Das sind schließlich fähige Leute und keine Vollidioten.«

»Ihr Wort in Gottes Ohr. Aber ... okay, wer ist da zuständig?«

»Das Ganze ist in Hofheim passiert, also ist erst mal die dortige Kripo zuständig. Die werden aber bestimmt das LKA, vielleicht auch das BKA hinzuziehen.«

»Ich fürchte es. Und viele Köche verderben, wie mein Bruder immer sagt, bekanntlich den Brei. Also gut. Machen Sie mir die Verbindung?«

Jörg Stuhlbein saß in seinem Büro und hatte gerade eine Besprechung mit seinen Kollegen hinter sich, wie sie in der Entführungssache Partolucci weiter vorgehen wollten. Er dachte daran, dass sein Kollege Franz Leitner darauf gedrängt hatte, endlich das LKA einzuschalten, da sie einfach nicht weiterkamen. Dass ihr neuer Vorgesetzter, Kriminaloberrat Christian Tauber, in diesen Tagen mehr mit der Planung seines Einstands beschäftigt war und das Alltagsgeschäft weitgehend ihm überließ, kam ihm da ganz zupass.

Gerade kam Tauber herein und fragte Jörg: »Meinen Sie, ich kann das so lassen?«

Er reichte ihm ein handgemaltes Plakat, das er am Schwarzen Brett im Foyer aufzuhängen gedachte.

Jörg las es: Es kündigte ein Büffet an, das um zwölf Uhr von einem Caterer aufgebaut werden und bis acht Uhr stehen bleiben, dabei mehrfach aufgefüllt werden sollte. »Das finde ich gut«, sagte er dem neuen Leiter der Hofheimer Polizeistation. »Da haben die Leute von der Frühschicht was davon, die um zwei Feierabend haben, und die von der Spätschicht ebenfalls, denn die kommen um eins. Aber auch die Nachtschicht, die um sechs beginnt, kann sich noch bedienen. Ich glaube, das wird gut.«

Genau in diesem Augenblick klingelte das Telefon auf Jörgs Schreibtisch, und Christian Tauber, der nicht weiter im Weg stehen wollte, verließ den Raum.

Jörg Stuhlbein hörte eine ganze Weile lang aufmerksam zu, dann sagte er: »Ja, danke, wir sind in etwa einer Stunde bei Ihnen.« Dann legte er auf.

Zu Franz Leitner sagte er: »Nimm dir deine Jacke, wir fahren in den Taunus.«

»Willst du mit mir in den Opel-Zoo gehen?«

»Ja, die brauchen dort noch zwei Kamele.«

»Verarschen kann ich mich selbst.«

»Okay. Luigi Partolucci ist in Falkenstein in einer Privatklinik …«

»Luigi? Der Mann heißt doch Paolo, denk ich.«

»Das ist sein Bruder. Er hat uns was Interessantes zu erzählen.«

»Königstein? Dafür ist doch Bad Homburg zuständig. Müssen wir die nicht einweihen?«

»Eigentlich schon. Aber es geht um ein Verbrechen in Hofheim, an Hofheimer Bürgern, und wir befragen sie nur auf dem Gelände der Privatklinik, also sollte es erst mal so gehen. – Aber genug geschwafelt, los geht's.«

So schnell wie an diesem Vormittag war Jörg Stuhlbein noch nie in den Taunus gerast. Ihm war klar, dass sie in dieser Entführungssache schleunigst weiterkommen mussten, wenn sie das Leben des kleinen Mädchens noch retten wollten. Mit jedem Tag, der verging, ja vielleicht mit jeder Stunde sank die Chance dazu. Umso erstaunlicher fand er es, dass ausgerechnet Paolo Partoluccis Bruder, der nicht einmal in Deutschland lebte, glaubte, etwas zur Aufklärung beitragen zu können.

Wenige Minuten vor zwölf rauschten sie auf den Parkplatz der Privatklinik, und noch bevor sie am Empfang nach Doktor Sartorius und seinem Patienten Luigi Partolucci fragen konnten, kam ihnen ein nicht allzu großer, dafür umso beleibterer Endfünfziger im weißen Kittel entgegen, der sich ihnen als der gesuchte Arzt vorstellte.

»Oh, so schnell hätte ich mit Ihnen nicht gerechnet. Herr Partolucci ist noch beim Essen. Er wird Ihnen in zehn Minuten zur Verfügung stehen. Sie können in meinem Büro mit ihm sprechen.«

»Gibt es hier eine Cafeteria?«, fragte Jörg Stuhlbein, der den ganzen Morgen noch nicht zum Frühstücken gekommen war.

»Das nicht, aber ich kann Ihnen aus dem Speisesaal Würstchen mit Kartoffelsalat bringen lassen. Um unnötige Aufregung zu vermeiden, möchte ich Sie allerdings bitten, in meinem Büro Platz zu nehmen.«

»Ja, gern. Könnten wir auch ein Glas Wasser dazu haben?«

»Selbstverständlich«, sagte der Arzt und führte die beiden in seine Räumlichkeiten.

Büro war dafür kaum noch der richtige Ausdruck, denn was sie erwartete, war mehr ein Wohnzimmer mit Büroarbeitsplatz. Aus dem riesigen Blumenfenster hatte man einen herrlichen Blick über die Taunushänge hinab bis in die Mainebene.

Keine fünfzehn Minuten später, die beiden Kriminalbeamten waren gerade fertig mit Essen, da kam Luigi Partolucci ins Zimmer und ließ sich ihnen gegenüber in der bequemen Wohnlandschaft nieder. Die Polizisten stellten sich vor, und Luigi berichtete ihnen, wie es zu der Entführung gekommen war und was man damit bezweckte. Zum Schluss berichtete er auch von dem gerade erst eingetroffenen, lang ersehnten Lebenszeichen.

»Okay, dann sehen wir nun etwas klarer«, sagte Hauptkommissar Stuhlbein, und der inzwischen zum Oberkommissar beförderte Leitner fragte vorwurfsvoll: »Aber warum, um Gottes willen, haben Sie uns nicht schon viel früher eingeweiht. So ist wertvolle Zeit verstrichen, die Ihre Nichte immer mehr in Gefahr bringt.«

»Die Entführer haben es uns strikt verboten. Die gehen eiskalt über Leichen, ich kenne diese Leute leider viel zu gut.«

»Umso wichtiger wäre es gewesen, gleich mit uns …«, begann nun Jörg Stuhlbein, aber Luigi Partolucci unterbrach ihn schnell: »Aus diesem Grund haben wir die Privatdetektive eingeschaltet.«

»Die Taunus-Ermittler etwa?«

»Ja, genau. Wie kommen Sie darauf?«

»Weil es die besten sind«, sagte Hauptkommissar Stuhlbein fast schon widerwillig, und Franz Leitner musste grinsen.

Dann erzählte Luigi ihnen alles, was er wusste. Als die beiden Kommissare sich gut zwanzig Minuten später von ihm verabschiedet hatten, rannte Jörg seinem Kollegen fast davon, so aufgebracht war er. Im Auto sagte er dann: »Dass wir nun nicht mehr drum herumkommen, Wiesbaden und das LKA einzuschalten, ist klar. Auch wenn ich mir die Kollegen Schlindwein und Dümmler gern noch ein wenig vom Hals gehalten hätte. Die Zusammenarbeit mit denen gestaltet sich oftmals etwas schwierig. Aber vorher rufe ich Peter an. Dass der schon tagelang in der Sache mitmischt und kein Wort darüber verlauten lässt, nehme ich ihm gewaltig übel. Ich bestelle ihn und seine Spießgesellen für morgen früh in mein Büro und lese ihnen gehörig die Leviten. Darauf kannst du Gift nehmen.«

So wütend hatte Franz Leitner seinen Kollegen noch selten gesehen, und er entschied sich, vorerst nichts dazu zu sagen. Das war bestimmt besser so, denn sein Kollege prügelte den armen Wagen, der nun wirklich nichts dafürkonnte, mit geradezu aberwitziger Geschwindigkeit nach Hofheim zurück. Als er in Höhe Kelkheim-Mitte zur Abzweigung in Richtung Kreisel und Frankenallee kam, blitzte es kurz auf.

Den Nachmittag verbrachten die Detektive im Büro, denn Olli hatte, schon kurz nachdem sie seinen Ermittlungsauftrag erweitert hatten, telefonisch einiges an Material angekündigt. Anscheinend war er bereits fündig geworden. Aber noch bevor eine Mail – oder was auch immer Olli für sie hatte – bei ihnen ankam, läutete das Telefon erneut, und Jörg Stuhlbein war dran. Schon seinen ersten Worten konnte man entnehmen, dass der Kommissar stinksauer war.

»Jungs, so geht das aber nicht« war sein erster Satz. Eine Einleitung, die so gar nicht zu ihm passte.

Peter, der den Anruf entgegengenommen hatte, antwortete genauso heftig: »Junge, mach halblang. Beruhige dich erst mal und sag dann bitte langsam und deutlich, was du von uns willst.«

»Eure Geheimniskrämerei muss aufhören. Ihr kommt morgen früh zu mir ins Büro und legt eure Karten auf den Tisch.«

»Welche Karten?«, stellte Peter sich dumm. »Ich wusste ja noch nicht mal, dass wir beim Kartenspielen sind.«

Damit brachte er Jörg vollends auf die Palme.

»Der Fall Partolucci, verdammt. Kommt freiwillig, oder ich lasse euch vorführen.«

»Ist schon gut. Sollen wir alle fünf kommen, oder reichen zwei?«

Eine Weile blieb es am anderen Ende still, als ob sein Gegenüber nachdachte, dann sagte Jörg: »Kommt ruhig alle. Dann lernt mein neuer Chef euch auch alle kennen.«

»Okay, machen wir. Aber reg dich nicht mehr auf – es lohnt sich nicht«, sagte Peter, dann hängte er ein.

Jörg Stuhlbein starrte den Apparat einige Sekunden lang verblüfft an und dachte: *Peter wird aber auch immer dreister. Hängt einfach ein.*

Doch dann überflog ein Grinsen sein Gesicht, denn ihm war gerade wieder eingefallen, dass er nun die Hauptkommissare Christoph Dümmler und Dieter Schlindwein vom Wiesbadener Dezernat Menschenraub hinzuziehen musste.

Peter und dieser Schlindwein waren wie Feuer und Wasser. Das hatten sie bei verschiedenen Zusammentreffen bereits mehrfach bewiesen.

Mit einer gewissen Schadenfreude wählte er die Nummer des Wiesbadener Polizeipräsidiums, ließ sich mit dem entsprechenden Dezernat verbinden und hatte prompt Dieter Schlindwein am Apparat. Er berichtete ihm, was er am Mittag erfahren hatte, und musste sich gleich eine Belehrung anhören.

»Sie hätten uns schon viel früher in die Ermittlungen mit einbeziehen sollen. Spätestens seit feststand, dass ...«

»Ich weiß, ich weiß ... aber es war erst alles so unklar. Sobald feststand, worum es ging ...«

»Schon gut, Stuhlbein, Sie sind neu auf dem Posten und müssen sich erst einmal ein paar Lorbeeren verdienen«, sagte Schlindwein gönnerhaft, um dann – das Entsetzen über die plötzliche Eingebung war der Stimme förmlich anzumerken – zu fragen: »Diese Detektive, äh, die Taunus-Ermittler, sind die etwa auch mit von der Partie?«

»Ja, alle fünf.«

»Wie, fünf? Oh Gott. Mir haben die zwei, dieser Peter Stettner und Stefan ...«

»Weimershaus.«

»Ja genau, Weimershaus hieß er, schon gereicht. Jetzt gibt's auch noch fünf von der Sorte. Das halten meine Nerven nicht aus. Wer denn?«

»Zuerst mal die Ehefrauen der beiden ...«

»Ach so. Das ist ja halb so wild.«

»Dann noch mein Vorgänger, Claus Mergentheimer.«

»Das hätte nicht passieren dürfen«, rutschte es Hauptkommissar Schlindwein heraus, und er konnte es nicht mehr verhindern zu murmeln: »Der hat mir schon zu oft in die Suppe gespuckt. – Okay, schicken Sie alles, was Sie an Unterlagen haben, zu uns, wir werden vorerst von Wiesbaden aus arbeiten. Ich höre von Ihnen, ja?«

Jörg Stuhlbein war verwundert, wie schnell das Gespräch auf einmal beendet war. Aber er war nicht unglücklich darüber, dass die beiden erst einmal nicht hier auftauchten. Mit Dümmler hatte er wenig Probleme, aber Schlindwein war selbst für ihn, der eigentlich mit jedem Kollegen zurechtkam, ein rotes Tuch.

Im Wiesbadener Polizeipräsidium hatte Dieter Schlindwein unterdessen den Telefonhörer wie ein glühendes Stück Eisen weggelegt und sich zu seinem Kollegen Dümmler umgedreht.

»Hast du das gehört? Die Taunus-Ermittler vermehren sich. Die sind schlimmer als Ungeziefer. Allen voran dieser Peter Stettner. Er macht nur, was er will, hört nie zu, und mit ihm reden ist schon gar nicht drin.«

»Na ja, so schlimm ist es auch wieder nicht. Du machst es ihm auch nicht gerade leicht«, versuchte Dümmler seinen Kollegen zu beruhigen – mit mäßigem Erfolg.

»Ich? Was soll denn das heißen? Fällst du mir jetzt auch in den Rücken?«

»Nein, natürlich nicht. Aber …«

»Aber ich bin nun mal der Chef im Ring und nicht dieser Ex-Vorstadtpolizist. Er ist heute nichts mehr weiter als ein blutiger Amateur ohne Befugnisse.«

Jetzt hatte selbst der sonst so besonnene Dümmler genug.

»Erstens mal leiten wir das Dezernat gleichberechtigt. So viel dazu, dass du der, wie du es nennst, ›Chef im Ring‹ bist. Außerdem hat uns Herr Stettner schon oft genug wertvolle Tipps geliefert.«

»Wertvoll? – Na ja. Außerdem mault mich Stettner an, wo immer er kann.«

Christoph Dümmler unterließ es, ihn darauf hinzuweisen, dass er es war, der in der Regel damit anfing, und sagte stattdessen: »Komm, lass uns Feierabend machen, unsere Schicht ist schon seit fast zwei Stunden zu Ende. Ab morgen müssen wir uns in das Material aus Hofheim einarbeiten, dann gibt's bis auf Weiteres kaum noch eine Chance auf einen pünktlichen Feierabend.«

Christoph Dümmler ging in den Aufenthaltsraum hinüber, um seine Jacke aus dem Spind zu holen. Sein Kollege nahm seine immer mit an den Arbeitsplatz, wo er sie, wie er sagte, immer im Auge hatte. Wie konnte man nur so misstrauisch sein. Überhaupt war sein Kollege in den letzten zwei, drei Jahren richtig unausstehlich geworden. Leicht war es mit ihm noch nie gewesen, aber jetzt?

Dümmler musste an ihren jungen Kollegen Linus Staudinger denken, der vor knapp einem Jahr direkt von der Polizeischule zu ihnen gekommen war. Dem jungen Mann war an einem der ersten Tage bei ihnen ein schwerwiegender Fehler unterlaufen, denn er hatte wichtige Papiere falsch abgelegt und nicht mehr gewusst, wo, sodass sie alle tagelang danach suchen mussten. Das hatte Schlindwein zum Anlass genommen, den Neuen von da an täglich spüren zu lassen, dass er ihn für einen vollkommenen Versager hielt, sodass Staudinger sich nur wenige Wochen später versetzen ließ.

Dann fiel Dümmler ein, dass er wenige Tage zuvor in der Stadt an einem Imbissstand Schlindweins Frau Regina getroffen hatte. Normalerweise quasselte diese Frau wie ein Wasserfall, aber an dem Tag war ihr nicht viel mehr als ein knappes »Guten Tag« zu entlocken gewesen. Ob die beiden etwa familiäre Probleme hatten?

Kein Wunder, wenn er sich zu Hause auch so aufführte wie im Büro, dachte Dümmler und war froh darüber, dass sein Kollege Schlindwein fast fünf Jahre älter war als er. Schon bald würde Schlindwein in den Ruhestand gehen, dann würde es hier glücklicherweise wieder etwas ruhiger werden.

Christoph Dümmler zog sich seine warme Winterjacke über und verließ das Präsidium.

9.

Am nächsten Morgen standen die Detektive schon vor zehn Uhr an Jörgs Schreibtisch und wirkten so einmütig wie selten vorher, als Peter fragte: »So, was willst du wissen?«

»Alles. Aber lasst uns zusammen rüber in den Konferenzraum gehen, da ist es bequemer. Vor allem habt ihr alle einen Sitzplatz. In Kürze kommt auch noch mein neuer Chef dazu, er möchte euch gern kennenlernen.«

Während sie Jörg den kurzen Weg über den Flur folgten, murmelte Peter: »Na, das kann ja heiter werden«, und Hauptkommissar Stuhlbein grinste ein kleines bisschen schadenfroh in sich hinein.

Nachdem alle an dem langen, ovalen Buchentisch Platz genommen hatten, begannen die Detektive zu berichten, wie sie in die Sache hineingeraten waren. Gerade als sie erklärten, wie sie über das Foto von Matteo Cesano auf seinen kleinen Bruder gekommen waren, stieß Herr Tauber dazu.

»Und Sie glauben nun, dass die beiden das zusammen durchgezogen haben?«, fragte der Hofheimer Polizeichef.

»Wir glaubten es bis vorgestern Abend«, erklärte Claus Mergentheimer, »denn da stellte sich heraus, dass Marcello Cesanos Geheimnis ganz anderer Natur ist. Wir können seine Aufenthalte in der letzten Woche nahezu lückenlos belegen. Er kann weder mit der Entführung noch mit der Versorgung des kleinen Mädchens etwas zu tun haben.

Aber sein älterer Bruder Matteo ist nach wie vor ein heißer Kandidat für uns.«

»Trotzdem sollten wir diesen Marcello einmal vorladen. Vielleicht weiß er etwas, von dem er selbst nicht weiß, dass er es weiß«, sagte Kriminaloberrat Tauber zu Jörg Stuhlbein, dann wandte er sich an die Detektive: »So, genug gefachsimpelt, jetzt zu Ihnen. Ich möchte Sie gern näher kennenlernen, stellen Sie sich mir kurz vor?«

In der nächsten halben Stunde entwickelte sich etwas, das bei oberflächlicher Betrachtung für ein lockeres Gespräch gehalten werden konnte, tatsächlich aber eher einer gezielten Befragung durch den Polizeichef glich.

Als die Detektive wieder an der frischen Luft waren, sagte Peter: »Dieser Kriminalrat ist von einem ganz anderen Kaliber als der letzte.«

»Ach, hast du ihm deshalb nichts von unseren Erlebnissen im *Da Alfredo* berichtet?«, fragte Stefan.

»Genau. Ich hatte das Gefühl, er verhört uns. Außerdem mischt ab sofort mein Intimfeind Schlindwein mit. Da müssten wir damit rechnen, dass wir die Arbeit tun und er die Lorbeeren einheimsen will. Mit mir nicht!«

Bei den Autos angekommen, fragte Annika: »Wie geht's jetzt weiter? Ich hätte in einer halben Stunde einen Termin mit Svens Klassenlehrerin. Der Junge hat ihr gegenüber angedeutet, nach der zehnten Klasse die Schule beenden zu wollen.«

»Ich muss heute Nachmittag Opa Andreas zur Chemo fahren und wollte anschließend bei meinen Eltern in Sindlingen vorbeischauen«, sagte Verena.

»Okay, macht das«, meinte Claus, »dann fahren wir drei ins Büro und halten die Stellung. Vielleicht gibt es ja schon die Ergebnisse, die Olli bereits angekündigt hat. Falls etwas Interessantes dabei ist, können wir gleich mit den neuen Ermittlungsansätzen zu arbeiten beginnen.«

Dann bestiegen die drei Männer Claus' Wagen und fuhren nach Kelkheim, während die Frauen in ihren Wagen davonbrausten.

»Ich hab da so einiges für euch«, sagte Olli Krause nur wenig später am Telefon. »Ihr werdet euch wundern, was hier im Rhein-Main-Gebiet so alles los ist. Meine Rechner spucken im Minutentakt immer neue Ereignisse aus, die auf euren Fall passen könnten. Es ist inzwischen so viel, das kann ich euch unmöglich zusenden. Ich schlage vor, ihr kommt her und sortiert hier schon einmal aus, was ihr nicht brauchen könnt.«

»Gute Idee. Wir kommen sofort.«

Wenig später waren die drei schon auf dem Weg in den Kelkheimer Stadtteil Ruppertshain, der einige Kilometer oberhalb der Kernstadt in einer Hanglage zwischen Eichkopf und Atzelberg eingebettet lag. Der ehemalige Hacker Oliver Krause betrieb hier ein Büro für Internetermittlungen, wie er seinen neuen, legalen Geschäftszweig gern nannte. Obwohl die Geschäfte eigentlich ganz gut liefen, kam er finanziell nicht so recht von der Stelle. Deshalb kamen ihm die Aufträge der Taunus-Ermittler, die zwar meist hart am Rande der Legalität, aber dank seiner enormen Fähigkeiten effektiv und für ihn lukrativ waren, gerade recht.

Als sie ankamen, öffnete Ollis Frau Mona, ebenfalls ein Computer-Ass, mit ihrem jüngsten Sprössling auf dem Arm. Wenn man bedachte, dass Olli die ersten dreißig Jahre seines Lebens allein durchs Internet getingelt war, hatte er inzwischen gut aufgeholt.

»Ist das jetzt das Zweite oder Dritte?«, fragte Peter grinsend und Mona, die Spaß verstand, antwortete: »Das Dritte, aber Nummer vier ist fest eingeplant.«

Dann führte sie die drei Detektive ins Büro, das man angesichts der Enge durch die vielen Rechner und Drucker und sonstiges Gerümpel kaum noch so nennen konnte.

»Ich hätte euch gern Platz angeboten, aber ihr seht ja …«, sagte Olli und zeigte auf die wenigen Stühle, die allesamt mit Ausdrucken, Dokumenten und allerlei Notizen belagert waren.

»Was ist denn für uns?«, fragte Peter, und als Olli auf einen riesigen Berg mit Ausdrucken zeigte, fragte Peter: »Ach, ist das alles? Ich hatte mehr erwartet.«

»Wenn du meinst«, erwiderte Olli eingeschnappt, »aber ich sage dir gleich, es sind mehr als zweihundert Seiten. Ich hab ganz bewusst die Original-Artikel samt der dazugehörigen Fotos zusammengetragen, damit ihr einen umfassenden Eindruck bekommt. Sortieren müsst ihr selbst. Ihr könnt rüber ins Wohnzimmer gehen und den Tisch benutzen.«

»Ach, vielleicht sollten wir das bei uns im Büro machen. Da ist mehr Platz«, sagte Claus, der bislang kein Wort gesagt hatte, aber Stefan meinte: »Nein, ich glaube, es ist besser, das gleich hier zu sortieren, denn wenn etwas dabei ist, was unsere Aufmerksamkeit weckt, kann Olli gleich noch mal nachhaken.«

Das leuchtete allen ein, und nur wenige Minuten später begannen sie den Berg von Pressemeldungen und Polizeiberichten zu sortieren. Ein Eifersuchtsdrama in Bad Vilbel und ein Einbruch in Oberursel, bei dem der Täter bereits so gut wie verhaftet war, konnten gleich aussortiert werden. Während ein brutaler Fall von Fahrerflucht in Königstein, bei dem das Opfer auf dem Zebrastreifen überrollt und einfach liegen gelassen worden war, in die engere Wahl kam. Die Vergewaltigung einer jungen Frau passte zeitlich nicht so recht ins Bild, aber der brutale Mord an einem Rentner, der vermutlich seine Brieftasche nicht herausrücken wollte und mit eingeschlagenem Schädel im Kurpark von Bad Homburg gefunden wurde, sehr wohl.

»Mensch, was im Rhein-Main-Gebiet innerhalb weniger Tage so alles passiert, hätte ich nicht gedacht«, sagte Claus, und Stefan meinte: »Da siehst du mal, wie groß unser Aufgabengebiet ist. Früher hattest du es nur mit dem Main-Taunus-Kreis zu tun, aber wir ...«

»Kommt, macht weiter, ich will irgendwann auch mal fertig werden«, sagte Peter und nahm sich den nächsten Stapel vor.

Im Laufe der nächsten Stunde gingen sie noch einige mehr oder weniger schwere Verbrechen durch, die seit dem letzten Samstag stattgefunden hatten. Unter anderem den Einbruch in Bad Camberg bei Limburg, bei dem der Wohnungseigentümer getötet worden war, und den missglückten Wagendiebstahl auf der Autobahnraststätte Medenbach, bei dem der hinzukommende Besitzer so einiges abbekommen hatte, sodass er im Koma lag. Aber auch die angezündete Feldscheune bei Idstein zogen sie ins Kalkül, obwohl sie noch weniger als die anderen Fälle ins Bild passen wollte.

»Olli, zu einigen von diesen Verbrechen brauchen wir weitere Informationen. Versuch doch mal an die Polizeiberichte zu kommen. Egal wie.«

»Also du meinst, ich soll ...«

»Ja, wir haben nicht mehr viel Zeit, wenn wir das Mädchen noch retten wollen. Es soll dein Schaden nicht sein.«

»Bis wann?«

»Morgen früh, wenn's geht.«

»Okay, ich sehe zu, was ich tun kann.«

Dann übergab Peter dem Hacker die fünf Fälle, die sie als die ausgemacht hatten, die der Ganove im Hinterhof des *Da Alfredo* gemeint haben konnte, und sagte: »Das übrige Material nehmen wir trotzdem auch mit. Vielleicht haben wir noch irgendeinen Geistesblitz, der uns auf die richtige Spur führt.«

Dann verabschiedeten sie sich.

Während die Detektive auf dem Weg zurück ins Büro waren, war auch in Wiesbaden hektisches Treiben eingekehrt. Die Kollegen dort hatten sämtliche Unterlagen aus Hofheim erhalten und gesichtet.

»Dass die die Fahndung nach diesem Matteo Cesano eingeleitet haben, ist okay«, sagte Schlindwein, »aber dass sie seinen Bruder, diese kleine Schwuchtel, unbehelligt lassen, verstehe ich nicht.«

Sein Kollege Dümmler, der sich in der letzten Zeit immer ein bisschen wie der Untergebene von Schlindwein fühlte, obwohl sie gleichberechtigte Leiter des Dezernats waren, sagte leicht ungehalten: »Kannst du dich bitte ein bisschen zivilisierter ausdrücken? Der junge Mann, an dessen Lebenswandel wir kein Recht haben, Kritik zu üben, hat doch erwiesenermaßen nichts mit der Entführung des Mädchens zu tun.«

»Das schon, aber diese ... äh, dieser Marcello weiß mehr, da bin ich mir sicher. Das sind Italiener, und sie sind Brüder. La Famiglia ist denen heilig. Ich sag dir, der weiß Bescheid. Mindestens das!«

Christoph Dümmler verdrehte die Augen. Seit sein Kollege wusste, dass er zum Jahresende in Pension ging, war es kaum noch mit ihm auszuhalten. *Na ja, das Dreivierteljahr werde ich ihn auch noch ertragen.*

Und gerade als wollte Dieter Schlindwein mal wieder unter Beweis stellen, dass er der »Chef im Ring« sei, sagte er prompt: »Ich werde jetzt bei der Staatsanwaltschaft einen Antrag auf Beugehaft stellen. Glaub mir, der packt sehr schnell aus. Im Nullkommanichts haben wir diesen Matteo am Haken. Die in Hofheim sind einfach nur viel zu zimperlich.«

Schon früh am Samstagmorgen läutete das Telefon in der Detektei. Peter, der bereits seit dem frühen Morgen über den Akten brütete, glaubte schon, es sei Olli. Aber es war Ivanna Fuhrmann, Marcellos Schwester.

»Was haben Sie da angerichtet?«, fuhr sie Peter am Telefon an. »Heute früh um sieben war die Polizei da und hat Marcello verhaftet. Sie sagten etwas von Beugehaft. Er solle ihnen verraten, wo unser Bruder stecke.«

»Kamen die Beamten aus Wiesbaden? Hießen sie vielleicht Schlindwein und Dümmler?«

»Ein Hauptkommissar Schlindwein war dabei und zwei uniformierte Beamte. Einen Herrn Dümmler habe ich nicht gesehen. Dieser Schlindwein hat auch mich behandelt, als wäre ich eine Verbrecherin. Erst als mein Mann hinzukam und erklärte, dass wir keinen Kontakt zu Matteo haben, hat er Ruhe gegeben. Was um Himmels willen haben Sie denen erzählt?«

»Wir? Gar nichts. Das lief über die Kripo von Hofheim. Die waren verpflichtet, Wiesbaden hinzuzuziehen.«

»Verdammt, wenn die Marcello einsperren, das hält der nicht aus. Marcello ist viel zu weich.«

»Keine Sorge, beruhigen Sie sich. In wenigen Tagen hoffen wir den Fall geklärt zu haben.«

»Na hoffentlich.«

Nachdenklich stellte Peter den Hörer auf die Basisstation zurück. Dieser Schlindwein wurde aber auch immer schlimmer. Jetzt schaffte es nicht einmal mehr Dümmler, ihn einigermaßen in Schach zu halten. Jörg war auch seinetwegen aus Wiesbaden weggegangen, jetzt hatte er ihn schon wieder am Hals.

Das Telefon riss ihn aus seinen Gedanken, es war Olli.

»Hallo, Peter, schön, dass ich dich schon im Büro antreffe. Ich hätte dich nicht angerufen, wenn es nicht so wichtig wäre.«

»Wieso, was gibt's?«

»Ich hab dir schon mal per Mail die Ermittlungsakten der Polizei aus Bad Homburg und Idstein geschickt. Da kam ich ruckzuck ins System. War ein Kinderspiel. Aber Limburg? Die müssen einen echt guten IT-Fachmann an der Hand haben. Bis ich da reinkomme, das dauert eine Weile. Wenigstens bis heute Mittag.«

»Olli, lass. In Limburg kenn ich den leitenden Hauptkommissar. Mit Friedrich Schäfer bin ich vor etlichen Jahren mal böse versackt.«

»Mit wem bist du das nicht?«

»Stimmt … aber Spaß beiseite, seitdem stehen wir in lockerem Kontakt. Lass mal, ich werde mich selbst darum kümmern.«

»Meinst du, er sagt dir was?«

Noch bevor Peter etwas darauf erwidern konnte, ging die Tür zum Büro auf, und Stefan, Verena und Claus traten ein.

»Olli?«, fragte Stefan nur, und Peter nickte ihm zu.

Da er seine Frau vermisste, fragte er knapp: »Annika?«

»Ist gerade zur Tür raus, als wir kamen«, klärte ihm Verena auf, »sie sagte was von einkaufen gehen.«

»Prima, hoffentlich bringt sie uns was zum Frühstück mit«, sagte Peter grinsend, »Olli hat schon etliches an Material geschickt.«

»Ich weiß«, rief Claus von seinem Schreibtisch her, denn er hatte bereits das Mailfach geöffnet und zu lesen begonnen.

Alle sahen zu ihm hinüber, und Verena fragte: »Ist was dabei? Komm, sag schon.«

»Zwei von unseren Fällen können wir, wie es aussieht, ad acta legen: die Fahrerflucht in Königstein und den Brand der Feldscheune in der Nähe von Idstein. Im ersten Fall hat sich noch ein Zeuge gemeldet, der das Nummernschild des Unfallwagens erkannt hat. Der Fahrer ist identifiziert: Es ist ein hochrangiger Beamter aus dem Rathaus, von dem es heißt, er habe Alkoholprobleme.«

»Und im zweiten Fall?«, fragte Peter.

»Läuft alles auf Versicherungsbetrug hinaus. Der Bauer, dem die Scheune gehört, ist so gut wie pleite, und er hatte angeblich ungewöhnlich viel technische Gerätschaften in der Scheune gelagert. Der Sachschaden soll bei weit über dreihunderttausend Euro liegen. Damit wäre er saniert. Zu seinem Pech haben die Kriminaltechniker sehr schnell festgestellt, dass der teure, fast neue Traktor, der angeblich verbrannt ist, ein zwar baugleiches Modell, aber älter und vorher schon schrottreif war.«

»Du hast recht, es sieht so aus, als ob wir diese beiden Fälle erst einmal beiseitelassen könnten«, sagte Stefan. »Bleiben noch drei. Wie wollen wir weiter vorgehen?«

»Ich finde gar nichts über den Mord in Bad Camberg!«, sagte Claus, ohne auf Stefans Frage einzugehen.

»Darüber habe ich gerade mit Olli gesprochen, als ihr kamt. Er hat um etwas Zeit gebeten, er ist bis jetzt nicht bei denen ins System gekommen.«

»Gibt's das auch?«, fragte Verena, und Peter antwortete: »Ich hätte es auch nicht für möglich gehalten. Deshalb machen wir das selbst.«

»Ins Computersystem eindringen?«, fragte Stefan ungläubig.

»Natürlich nicht. Zwei von uns fahren hin und ermitteln vor Ort. Ich kenne da jemanden …«

»Aha«, sagte Stefan nur und grinste breit, deshalb sprach Peter schnell weiter: »Ich schlage vor, das machen wie beide, Stefan.«

Noch bevor irgendjemand etwas sagen konnte, kam Annika zur Tür herein und sagte: »Ich hab uns was Ordentliches zum Frühstück besorgt. Mir scheint, wir werden es noch brauchen können, wenn ich so in eure Gesichter sehe.«

Dann begann sie die Tasche auszuräumen, die bis zum Rand gefüllt war.

Augenblicklich begannen Stefans und Peters Augen zu leuchten, denn Annika hatte für die beiden, die auf deftiges Essen standen, vier Schnitzelbrötchen mitgebracht.

Zu Verena, die erschrocken auf die riesigen Portionen blickte, sagte sie: »Für uns habe ich Käsebrötchen, ich denke, das war auch in deinem Sinne.«

»Auf jeden Fall«, antwortete sie und sagte zu Stefan: »Aber beißen lässt du mich doch mal.«

»Klar doch.«

Dann reichte Annika eine Tüte zu Claus hinüber und sagte: »Drei Puddingstückchen, wie du sie gerne magst. Aber lass dich von Steffi nicht erwischen, sie jammert ohnehin schon, dass du, seit du bei uns mitmischst, fünf Kilo zugelegt hast.«

»Detektivarbeit macht hungrig«, sagte Claus, der bereits mit vollen Backen kaute, dann herrschte erst einmal zehn Minuten Ruhe im Büro.

Als sie fertig gegessen hatten, sagte Peter grinsend zu Claus: »Fünf Kilo, so viel? Wenn ich das auf die nächsten zehn Jahre hochrechne, hast du mich überholt.«

Das brachte ihm einen verärgerten Blick von seinem Freund und Kollegen ein, bevor dieser sagte: »Wir sollten uns nicht mit dummem Geschwätz aufhalten, sondern vereinbaren, wer wohin fährt. Dass du nach Limburg musst, ist klar.«

»Ja. Aber wenn du als ehemaliger Hauptkommissar nach Bad Homburg fährst …«

»Als ehemaliger Hauptkommissar, der mit der Kripo Bad Homburg im Dauerclinch lag«, korrigierte ihn Claus.

»Deshalb nimmst du vorzugsweise Verena mit. Sie sieht mit Abstand am besten von uns aus, das wirkt vielleicht als Türöffner und …«

»Herzlichen Dank«, unterbrach ihn Verena süß-sauer, »dass du mich auf das Niveau eines Modepüppchens setzt.«

»Hättest du mich ausreden lassen, wüsstest du bereits, dass ich genau das nicht vorhatte.«

»Ach nein?«

»Weil ich eigentlich hinzusetzen wollte, dass viele Leute angesichts deiner vorzüglichen Optik übersehen, dass auch in einer schönen Hülle ein brillanter Geist stecken kann. Ich denke, wenn nur einer von denen darauf abfährt, hast du die besten Chancen, da mehr zu erfahren.«

»Na gut«, sagte Verena besänftigt, und Peter sagte zu Annika: »Du könntest nach Idstein in die Klinik fahren und den Fahrer des Lieferwagens befragen. Er ist aus dem Koma erwacht. Es könnte sich um das Fahrzeug handeln, mit dem die Kleine entführt wurde.«

»Okay, aber warum muss immer ich allein fahren?«

»In dem Fall, weil das der ungefährlichste Job ist. Da passiert garantiert nichts Unvorhergesehenes. Außerdem könntest du Steffi mitnehmen.«

»Nein, bloß nicht«, sagte Claus erschrocken, »meine Frau und ermitteln? Das geht bei ihrer Abneigung dagegen garantiert schief.«

»So? Warum denn das?«, kam da eine Stimme von der Tür her, und alle sahen zum Eingang hin.

Im Türrahmen stand, wie hätte es anders sein können, Stefanie Mergentheimer.

10.

Nicht einmal eine halbe Stunde später fuhren drei Wagen vom Hof der Detektei, und in jedem der Wagen saßen zwei Personen. Es war bei der Aufgabenverteilung geblieben, wie Peter sie vorgeschlagen hatte, nur dass Steffi es sich nicht hatte nehmen lassen, mit Annika nach Idstein zu fahren.

Unterwegs erklärte sie Annika, dass es ihr sehr nahe gehe, was mit der kleinen Chiara geschehen war, und da sie dem Mädchen aus ihrer Nachbarschaft schon oft auf der Straße begegnet war, wollte sie mithelfen, Chiaras Welt wieder in Ordnung zu bringen. Außerdem beneidete sie insgeheim ihren Mann für seinen Beruf, hätte das ihm gegenüber aber niemals zugegeben, schon allein um ihn nicht zu übermütig werden zu lassen.

Danach fuhren die beiden Frauen schweigend weiter, bis sie das Krankenhaus von Idstein erreichten. Sie fragten sich zum Zimmer des Mannes durch, der auf der Autobahn-raststätte so übel zugerichtet worden sein sollte. Obwohl die Oberschwester sie nicht hineinlassen wollte, schafften sie es, in das Zimmer zu gelangen, und fanden einen dick bandagierten Mann vor, der wirklich schlimm aussah.

Als er sie erblickte, bekamen seine Augen einen ängst-lichen Ausdruck, und er würgte mehr hervor, als dass er sagte: »Ich weiß nichts. Ich bin nicht in der Lage, eine Aus-sage zu machen.«

»Wir sind nicht von der Polizei« sagte Annika, und da dieser Satz anscheinend noch größeres Entsetzen bei dem Opfer auslöste, fügte sie schnell hinzu: »Wir sind Privatdetektive.«

Augenblicklich entspannten sich die Züge des Mannes wieder etwas, der übrigens Alejandro Cartoso hieß und einen spanischen Feinkostladen betrieb. Als die Frauen ihm dann erst einmal erklärt hatten, warum sie da waren, wurde er fast schon zugänglich und ließ sich Matteos Foto zeigen.

»Nein, der war das nicht«, sagte er gerade und war nun viel besser zu verstehen als vorher.

Offensichtlich hatte er große Angst und hatte sich den vermeintlichen Polizeibeamten gegenüber kränker gestellt, als er war.

In dem Augenblick gab es draußen vor der Tür einen heftigen Wortwechsel mit der Oberschwester, von dem die beiden Frauen nur die Worte »... nicht hineinlassen ...« verstanden.

Und genau in diesem Moment war es auch um die Zugänglichkeit des Mannes geschehen.

Die blanke Panik trat in seine Augen, und sosehr die Frauen sich auch bemühten, ihn zum Sprechen zu bringen – er blieb stumm.

Zu allem Überfluss kam nun auch noch die Oberschwester ins Krankenzimmer, sah die beiden Frauen und keifte sofort los: »Was gibt es an den Worten *Ich kann Sie nicht ins Zimmer lassen* nicht zu verstehen?«

Noch bevor eine der beiden Frauen antworten konnte, sah Annika erschrocken zur Tür hin, denn dort stand ein maskierter Mann, der eine Pistole auf den im Bett Liegenden richtete. Steffi, die gerade am Waschbecken in einer

Wandnische stand und so unsichtbar für den Maskierten war, zögerte nicht lange und trat dem Mann mit einem äußerst gekonnten Tritt die Pistole aus der Hand. Dann warf sie sich auf ihn und brachte ihn zu Fall.

Nun kam Annika, die die Welt nicht mehr verstand, hinzu, und gemeinsam fixierten sie den Mann am Boden.

Dabei rief Annika der Oberschwester zu: »Rufen Sie die Polizei!«

Auch bei Old Boy und Marc herrschte an diesem Morgen schlechte Laune. Ihre Vorräte gingen langsam zur Neige, und die ganze Angelegenheit, die, wie man ihnen versichert hatte, nur zwei, drei Tage dauern sollte, schien kein Ende zu nehmen. Eine ganze Woche saßen sie nun schon hier, und es ging nicht voran.

Außerdem war das, was Old Boy von seinen Bossen gehört hatte, nicht dazu angetan, seine Laune zu heben. Man hatte ihm aufgetragen, die Kleine zu töten und ihre Leiche verschwinden zu lassen, sobald sie nicht mehr gebraucht werde. Das Gleiche sollte er mit Marc tun, falls der aufmuckt.

»Weißt du eigentlich, dass unsere Bosse mir empfohlen haben, dich gleich mit zu erledigen, wenn das hier beendet ist?«, fragte er Marc.

»Wie bitte? Du lügst doch.«

»Nein, das ist wahr.«

»Und warum sagst du mir das dann? Das ist doch unlogisch.«

»Weil ich das nicht machen werde.«

»Und warum soll ich dir vertrauen?«

»Denk doch mal nach. Wenn die so locker über ein oder zwei Menschenleben entscheiden, warum sollten sie mich verschonen? Ich denke, der Unfall, der mir zustoßen wird, ist schon geplant.«

»Aber du bist doch einer von ihnen, das können die …«

»Marc, da hast du dich getäuscht. Auch ich bin für die nichts weiter als ein Handlanger. Ein über Jahre bewährter vielleicht, aber weiter nichts. Deshalb habe ich auch vor, mein eigenes Süppchen zu kochen. Hör mir gut zu, das Ganze läuft wie folgt ab: Der Mann, der das Lösegeld übernimmt, ein Motorradfahrer übrigens, das machen die immer so, ruft mich an, sobald er es hat. Dann soll ich das Mädchen und am besten auch dich erledigen und zu einem Treffpunkt an der Autobahn kommen, wo er mir dreißig Prozent als unseren Anteil übergibt. Aber ich glaube, er hat kein Geld für mich, sondern nur eine Kugel. Mein Plan ist es, ihm einen Schritt voraus zu sein, uns die ganze Kohle zu greifen, und dann ab durch die Mitte.«

»Wie wollen wir das denn schaffen? Hast du einen Plan?«

»Lass mich mal machen. Mir fällt schon noch das Richtige ein.«

Verena und Claus waren auf der Rückfahrt von Bad Homburg nach Kelkheim. Ihr Zusammentreffen mit den Polizisten war alles andere als erfreulich gelaufen, und auch ihr Ansatzpunkt hatte sich sehr schnell als Sackgasse herausgestellt. Es ging um den Überfall einer Jugendgang auf einen Rentner, der in einer Katastrophe geendet hatte.

»Gutes Benehmen einem ehemaligen Kollegen gegenüber sieht aber anders aus«, meinte Verena, als sie Bad Homburg verließen.

»Auch zu meinen Zeiten als Kommissar war der Umgang mit den Bad Homburger Kollegen nicht immer leicht, aber heutzutage als Privatdetektiv? So schlimm habe ich es mir trotzdem nicht vorgestellt. Hattet ihr die ganzen Jahre über schon solche Schwierigkeiten mit uns Beamten?«

»Zum Glück nicht immer. Manche Kommissare waren echt zugänglich, so wie du, andere mussten wir erst überzeugen. Aber als blöde Amateure mussten wir uns nur selten bezeichnen lassen. Und quasi rausgeworfen wurden wir auch nur in Einzelfällen.«

Verenas Handy läutete. Schon am Klingelton konnte sie erkennen, dass das Gespräch über die Rufumleitung aus dem Büro kam. Sie nahm ab, und Paolo Partoluccis Stimme drang ihr entgegen. Er erklärte ihr atemlos, dass sie an diesem Morgen einen dritten Erpresserbrief erhalten hatten. Der Inhalt lautete diesmal: »Geldübergabe am Dienstag um 10:00 Uhr. Halten Sie sich bereit. Wir melden uns. Keine Polizei.« Paolo fragte nichtsdestotrotz: »Soll ich den Brief der Polizei übergeben, oder wollen Sie ihn?«

»Geben Sie ihn ruhig der Polizei, die haben bessere Möglichkeiten, ihn zu untersuchen.« Dann gab sie ihm noch die Durchwahl zu Jörg Stuhlbeins Apparat und sagte zum Abschluss: »Sie haben im Büro niemanden erreicht, weil wir alle in Ihrer Sache unterwegs sind. Ich bin gerade auf der Rückfahrt von Bad Homburg, wo eine Spur leider ins Leere ging. Und mein Mann ist mit Peter Stettner nach Limburg gefahren.«

Paolo Partolucci bedankte sich überschwänglich, dann legte er auf.

Peter und Stefan waren, bevor sie zur Kriminalpolizei in Limburg fuhren, erst einmal im besten Feinkostgeschäft der Stadt gewesen und hatten ein Türöffner-Geschenk für Friedrich Schäfer besorgt. Peter wusste, dass der leitende Hauptkommissar leidenschaftlich gern einen edlen Bordeaux trank, den er sich aber wegen des Preises von mehr als dreißig Euro pro Flasche nur selten gönnte.

Erst dann fuhren sie zur Polizeidirektion am Offheimer Weg. Der Portier am Eingang wollte sie zuerst nicht ins Gebäude lassen, aber als Peter den Namen Friedrich Schäfer erwähnte, rief er diesen an und sagte, nachdem er aufgelegt hatte: »Herr Schäfer kommt herunter und holt Sie persönlich ab. Tut mir leid, anders geht's nicht mehr – Anweisung von ganz oben.«

»Ist schon okay«, sagte Peter »in der heutigen Zeit kann man gar nicht vorsichtig genug sein. Ich weiß, wovon ich spreche, ich war schließlich lange genug bei eurem Verein.«

Noch bevor der Pförtner etwas dazu sagen konnte, kam Hauptkommissar Friedrich Schäfer ihnen entgegen. Er begrüßte Peter wie einen lange verschollenen Freund und bedankte sich sichtlich erfreut über das Präsent, das Peter ihm überreichte.

Dann fragte er: »Was führt dich hierher, Peter? Etwas Berufliches?«

»Ganz genau.«

»Dann nehme ich an, das ist dein Kompagnon?«, fragte Schäfer, und Stefan stellte sich vor.

»Dann kommt mal mit in die Kantine, da ist es ein bisschen gemütlicher als in meinem Büro.«

»Okay«, sagte Stefan süß-sauer, denn insgeheim hatte er gehofft, dass Peter seinen ehemaligen Berufskollegen dazu überreden könnte, ihnen einen Blick in die Akte zu dem Einbruch mit Todesfolge in Bad Camberg gewähren.

Aber auch Peter war ganz offensichtlich mit der Entwicklung nicht recht zufrieden. Denn Friedrich Schäfer sagte sofort: »Ist mir schon klar, du bist hier, weil du in unsere Akten sehen willst. Aber das kann ich mir nicht leisten. So kurz vor der Pension noch ein Diszi, das will ich mir nicht einfangen. Ich geh nämlich zum Jahresende.«

»Es muss doch keiner merken …«

»Du kennst den Laden hier nicht. Hier belauert jeder jeden. Seit der Sparzwang uns einen allgemeinen Beförderungsstopp beschert hat, ist das ein einziges Hauen und Stechen. Hier kannst du nur noch vorankommen, wenn dafür jemand anderes abgesägt wird. Auf meinen Job sind so einige im Haus scharf. – Aber ich werde euch Rede und Antwort stehen. Okay?«

»Alles klar, machen wir es so.«

Wenige Minuten später saßen sie in einer ruhigen Ecke der nicht einmal allzu hässlichen Polizeikantine mit ihren grauen Schalenstühlen und den dunkelbraunen Holztischen. Jeder hatte ein Getränk vor sich.

Peter kam gleich zur Sache: »Wie war das jetzt mit dem Mord an diesem älteren Herrn?«

»Du meinst in Bad Camberg?«

»Genau den.«

»Warum wollt ihr das wissen? Habt ihr Hinweise auf die Einbrecher? Dann müsst ihr mir das sagen. Das ist eure Bürgerpflicht. – Wie seid ihr übrigens auf den Fall gekommen? Ihr habt doch nicht etwa den Polizeicomputer …«

»… gehackt?«, fragte Peter und fügte mit absolut glaubwürdiger Unschuldsmiene hinzu: »So etwas würden wir nie tun. Wir haben aus dem Limburger Tagblatt davon erfahren, weil wir auf der Suche nach Verbrechern sind, die ein kleines Mädchen entführt haben.«

»Weiß die Polizei …«

»Klar doch. Hofheim und auch die Wiesbadener Kommission Menschenraub beschäftigen sich bereits mit dem Fall. Wir arbeiten im Auftrag der Eltern ebenfalls daran.«

»Entführung? Ich glaube, da seid ihr auf dem Holzweg. Das hier war ein gewöhnlicher Wohnungseinbruch, der aus dem Ruder gelaufen ist.«

»Was veranlasst dich zu dieser Annahme?«

»Alles deutet auf eine Einbrecherbande hin, die schon seit Wochen im Großraum Limburg ihr Unwesen treibt. Dieser Mord passt genau ins Bild.«

»Hat die Bande denn schon weitere Morde begangen?«

»Nein, aber sie brutalisiert sich zusehends. Es war nur eine Frage der Zeit, dass so etwas geschieht.«

»Kannst du uns wenigstens schildern, was ihr vorgefunden habt?«, fragte Peter, und der Kommissar berichtete ihnen, wie sie den erschlagenen Mann auf einen Stuhl gefesselt vorgefunden hatten, den Kopf mit einem Handtuch umwickelt. Dazu zog er eine Zeitung aus seinem Sakko und raunte: »Innen liegt ein Foto. Schaut es euch aber nicht zu offensichtlich an. Ihr könnt es behalten.«

Peter zwinkerte seinem ehemaligen Kollegen verschmitzt zu, dann faltete er die Zeitung so auseinander, dass auch Stefan das Foto sehen konnte.

Kaum hatte der einen Blick darauf geworfen, fragte er: »Wie lange nach dem Mord haben Sie die Leiche gefunden?«

»Laut dem Gerichtsmediziner zwischen vierundzwanzig und sechsunddreißig Stunden.«

Peter sah seinen Freund bewundernd an und fragte seinerseits: »Genauer geht es nicht?«

»Doch, aber erst nach einer eingehenden Obduktion. Die Wohnung des Mannes war total überheizt.«

»Das passt ins Bild«, sagte Peter, und Stefan nickte.

»Was passt, und warum wollt ihr das denn wissen?«

»Wie Stefan ganz richtig vermutete, könnte es durchaus

sein, dass der Mord gar nicht an Ort und Stelle stattfand und die Überheizung der Wohnung nur dazu diente, den wahren Todeszeitpunkt zu verschleiern.«

»Wie kommt ihr darauf?«

»Weil so gar keine Blutspritzer in der Wohnung zu finden waren. Auch auf dem Boden nicht ein Tröpfchen, wie auf deinem Foto unschwer zu erkennen ist. Wenn jemand den Schädel eingeschlagen bekommt ...«

»Halt mal, wie kommst du darauf, dass in der Wohnung nichts war?«

»Du hast deine Eindrücke so plastisch geschildert, da hättest du bestimmt etwas dazu gesagt.«

»Stimmt. Es war tatsächlich nichts da. Aber unsere Theorie ist absolut stimmig, und es ist durchaus möglich, dass nichts danebengegangen ist.«

»Wie lautet denn eure Theorie?«

»Eigentlich hätte der Mann gar nicht da sein sollen. Seine Schwester lebt oben in Norddeutschland, in Aurich. Sie hätte am letzten Samstag ihren sechzigsten Geburtstag gefeiert, liegt aber nach einem Autounfall bewusstlos in Emden in der Klinik. Deshalb ist der Mann vorzeitig zurückgefahren und hat die Einbrecher, die nicht maskiert waren, überrascht. Da er sie hätte beschreiben können, war klar, dass er nicht am Leben bleiben konnte. Nun war es so, dass sie bislang noch keinen Mord begangen hatten und ihnen das doch einige Gewissensbisse bereitete. Deshalb, glauben wir, schlangen sie ihm ein Handtuch um den Kopf, bevor sie ihn erschlugen, um weder sein entsetztes Gesicht dabei zu sehen noch seine Schreie hören zu müssen. Außerdem sahen den Einbrechern so keine starren Augen zu, während sie die Schränke durchwühlten. Was sie übrigens ausgiebig taten. Eine wertvolle Sammlung seltener

Briefmarken, von der uns ein Nachbar berichtete, wurde übrigens nicht gefunden.«

»Wird über diese Einbruchserie in der Presse berichtet?«

»Ja, regelmäßig.«

»Könnte es dann nicht sein, dass der Mann ganz woanders ermordet wurde? Weil er vielleicht durch Zufall über das Versteck der Entführer gestolpert war? Und um Verwirrung zu stiften, hat man alles so arrangiert, dass du zu deinem Schluss kommen musstest?«

»Deine Theorie hört sich nicht schlecht an. Aber wir haben keinen Hinweis darauf gefunden, dass er zwischen seiner Rückkehr aus Aurich und seiner Ermordung irgendwo gewesen war. Der Mann lebte ziemlich zurückgezogen.«

»Hatte er regelmäßig Kontakt zu seinen Nachbarn?«

»Anscheinend nicht. Außer dem Mann, dem er die Briefmarkensammlung gezeigt hat, hatte niemand bemerkt, dass er nach Norddeutschland gefahren war.«

»Danke, Friedrich, dass du uns so bereitwillig Auskunft gegeben hast. Wenn du nichts dagegen hast, werden wir noch mal nach Bad Camberg fahren und die Leute im Haus befragen.«

»Ja, macht das, auch wenn ich nicht glaube, dass dabei viel rauskommt.«

»Ist die Wohnung denn schon wieder freigegeben?«

»Das sollte heute Morgen geschehen.«

Dann redeten sie noch eine Weile über Alltäglichkeiten, bis Kommissar Schäfer sagte: »So, jetzt muss ich aber mal wieder an meinen Schreibtisch.«

»Okay, und danke, das war's dann erst mal. Meld dich, wenn dir mal wieder nach einem Zug um die Häuser ist. Sachsenhausen wartet nicht gern.«

»Wohl eher du nicht«, rief der sympathische Kriminalbeamte den Detektiven vom Eingang her zu, drehte sich um, winkte und verschwand.

Eine gute halbe Stunde später rollten Peter und Stefan auf den Parkplatz vor dem Mehrfamilienhaus am Bad Camberger Stadtrand, wo das Mordopfer, ein gewisser Hubert Stahl, 67 Jahre alt und unverheiratet, gewohnt hatte. Sie standen noch suchend vor dem Klingelschild, als im Erdgeschoss ein Fenster aufging und ein Mann im blauen Kittel heraussah, der die beiden ärgerlich anfuhr: »Na, endlich sind Sie da. Ich habe schon vor mehr als zwei Stunden bei Ihrer Firma angerufen. Sie wollten schnellstens jemanden schicken, der die Wohnung entrümpelt. Zeit ist schließlich Geld. Die Wohnung muss möglichst schnell renoviert und neu vermietet werden. Das wird schon schwierig genug werden, nach dem, was dort passiert ist.«

»Sind Sie der Hausmeister?«

»Hausmeister und Hausbesitzer. Hat Ihr Chef Sie nicht instruiert?«

»Nein, der ist manchmal ein bisschen maulfaul«, sagte Peter geistesgegenwärtig, »würden Sie uns die Wohnung öffnen?«

Der Hausbesitzer brummte etwas Unverständliches, dann verschwand er in der Wohnung, um nur eine Minute später an der Haustür aufzutauchen.

»Folgen Sie mir unauffällig«, sagte er und gackerte dabei, als ob er einen guten Witz gemacht hätte.

Dann waren sie in der Wohnung, die im Erdgeschoss nach hinten zum Garten lag.

»Wir werden jetzt den Bestand aufnehmen«, sagte Peter, und der Hausbesitzer, dem das alles zu langweilig war, ging zurück in seine eigene Wohnung.

»Hätten wir uns nicht dem Hausbesitzer gegenüber zu erkennen geben sollen?«, fragte Stefan, während Peter schon begann, die Fenster zu untersuchen.

»Später vielleicht«, sagte er und hatte schon herausgefunden, dass das Wohnzimmerfenster aufgehebelt und vom Hausbesitzer notdürftig verschlossen worden war. Das passte durchaus zur Einbruchstheorie, aber auch zur anderen. Ein Verbrecher konnte eingestiegen sein und einem anderen, der den Leichnam trug, die Wohnungstür geöffnet haben. Dazu passte auch, dass kaum Kratzspuren am Fenster waren, wie sie mehrfach ein- und aussteigende Diebe verursacht hätten.

Die Schränke in Wohn- und Schlafzimmer waren tatsächlich von oben bis unten durchwühlt, auch in der Küche standen die Türen der Küchenzeile auf, und es lagen einige Vorratsdosen verstreut im Raum. Eine davon stand auf dem Tisch und war offen. Das stützte die Einbruchstheorie von Kommissar Schäfer.

Dennoch konnten sich Peter und Stefan des Eindrucks nicht erwehren, dass alles irgendwie arrangiert wirkte.

»Wir sollten die Nachbarn im Haus unbedingt noch einmal befragen. Dazu müssten wir uns allerdings zu erkennen geben«, sagte Peter. »Wie viele Parteien wohnen hier?«

»Neben dem Ermordeten und dem Hausbesitzer weitere fünf«, sagte Stefan gerade, da kam der Hausbesitzer zurück.

»Sind Sie schon fertig? Das ging aber schnell. Ist der alte Krempel denn noch etwas wert, oder muss ich alles entsorgen?«

»Sind Sie denn der Erbe?«, fragte Stefan.

»Nein, aber der alte Mann hatte doch keine Verwandten, und ewig kann der Kram nicht hier stehen bleiben.«

»Doch, er hat eine Schwester in Aurich.«

»Ach nee, das wusst ich gar nicht. Aber woher wissen Sie …«

»Wir sind keine Entrümpler, sondern Privatdetektive, die den Tod dieses älteren Herrn untersuchen.«

»Was fällt Ihnen …«

»Nun mal langsam«, unterbrach ihn Stefan, »wenn wir Ihnen nicht gesagt hätten, dass Herr Stahl eine Schwester in Norddeutschland hat, hätten Sie sich womöglich der Unterschlagung schuldig gemacht.«

Der Hausbesitzer sah ihn zuerst erschrocken an. Dann sagte er: »Nun gut, Ihr Eindringen war nicht die feine englische Art. Aber ich hab den Mann gemocht. Einen so korrekten Mieter habe ich noch nie gesehen. Man sah ihn nicht, man hörte ihn nicht, aber die Miete war immer pünktlich da.«

»Wenn Sie nicht wussten, dass er eine Schwester hat, wussten Sie auch nicht, dass er zu ihr wollte und vorzeitig zurückgekommen war?«

»Nein. Wenn man nicht auf sein Auto achtete, einen klapprigen alten Golf, wusste man nie, wann er hier oder im Urlaub war. Ich sag es ja, einen so unauffälligen und unkomplizierten Mieter hatte ich noch nie.«

»Okay, das war's erst mal, wir müssten aber noch mit Ihren anderen Mietern sprechen. – Ach ja, einen Tipp geben wir Ihnen noch zum Abschied. Setzen Sie sich mit dem Krankenhaus in Emden in Verbindung, Herrn Stahls Schwester hatte einen schweren Autounfall und liegt seitdem im künstlichen Koma. Man erwartet aber, dass sie in Kürze aufwacht. Vielleicht ist sie schon bei Bewusstsein und kann Ihnen sagen, was mit dem Mobiliar geschehen soll.«

»Auch das noch«, murmelte der Mann und verschwand in seiner Wohnung.

Stefan und Peter stiegen in den ersten Stock hinauf, klingelten an der ersten Wohnung, erklärten, wer sie waren und was sie wollten. Die Antwort fiel allerdings ähnlich karg aus wie beim Hausbesitzer. Man sah und hörte nichts von Herrn Stahl, er schien selbst zum Fernsehen oder Radiohören einen Kopfhörer zu tragen. Im Grunde drangen niemals irgendwelche Geräusche aus der Wohnung.

Der zweite Mieter, den die Detektive ansprachen, war der, der die Briefmarkensammlung des älteren Herren schon einmal gesehen hatte. Er war im selben Alter wie Herr Stahl und sehr rundlich. Als plötzlich Privatdetektive vor ihm standen, bekam er einen heftigen Schreck, begann zu zittern und stammelte nur noch, sodass sich Stefan ein Verdacht aufdrängte.

»Kann es sein, dass Sie die Briefmarkensammlung an sich genommen haben?«

»Äh, nein … bestimmt nicht … nein, nein … äh ja, doch. Komm ich jetzt ins Gefängnis?«

»Wie sind Sie denn drangekommen? Wie kamen Sie in die Wohnung?«

»Ich hab einen Schlüssel, denn wenn Herr Stahl fort ist, gieße ich seine Blumen. Als ich vor einigen Tagen nachts Geräusche unten aus der Wohnung hörte, dachte ich, er sei zurückgekommen, und hab am nächsten Morgen geklingelt. Als er nicht aufmachte, bin ich rein und habe ihn tot und gefesselt vorgefunden. Da ich wusste, dass er keine Angehörigen hat, dachte ich, es wäre schade, wenn die schöne Sammlung an den Staat fällt, der sie meistbietend verkauft; am Ende gar in Einzelteilen. Also habe ich sie an mich genommen. Später bin ich dann noch mal zum Gießen runter und habe dabei so getan, als hätte ich den Toten gerade gefunden. – Was mache ich denn jetzt bloß?«

»Zurückgeben auf jeden Fall. Herr Stahl hat eine Erbin. Seine Schwester. Ob Sie sie einfach auf dem Weg zurücklegen, wie Sie sie genommen haben, und damit Nachforschungen der Polizei riskieren, oder sie gleich in Limburg im zuständigen Kommissariat abgeben, müssen Sie selbst entscheiden. Sie können ja sagen, dass Sie die Briefmarken nur in Sicherheit bringen wollten. Vielleicht glaubt man Ihnen sogar. In jedem Fall ist es aber so etwas wie tätige Reue. Wir sind zwar keine Juristen, aber wir glauben, das hat strafmildernde, wenn nicht gar strafbefreiende Wirkung.«

»Meinen Sie?«

»Garantieren können wir es nicht, aber unsere Berufspraxis hat es uns so gelehrt. – Ist oben jemand zu Hause?«

»Ja, im zweiten Stock müssten beiden Familien zu Hause sein. Die alleinstehende Dame aus der großen Dachgeschosswohnung im dritten ist Vertreterin und kommt vermutlich erst spät heute Abend nach Hause.«

»Am Samstag?«

»Ja, Frau Funke ist Handelsvertreterin in der Hotellerie und immer acht bis zehn Tage am Stück in ganz Österreich unterwegs. Dann bereitet sie ebenso lange ihre nächste Tour vor. Wir haben miteinander gesprochen, als sie weggefahren ist. Wenn ich sie recht verstanden habe, wollte sie heute Morgen in Klagenfurt losfahren.«

»Danke! Und denken Sie daran, es gibt eine rechtmäßige Erbin.«

»Werd ich nicht vergessen.«

Nachdem die Befragungen im zweiten Stock genauso ergebnislos verlaufen waren wie die anderen und sie nicht auf die Rückkehr der Dame aus dem dritten Stock warten wollten, gingen Stefan und Peter zum Auto zurück.

Beim Einsteigen fragte Peter: »Was meinst du? Morgen früh noch mal hierher und Frau Funke befragen?«

»Klar doch, irgendjemand muss uns doch das nächste Puzzleteil liefern. Und dass wir hier auf der richtigen Spur sind, liegt für mich auf der Hand, denn die Sache mit dem Einbruch ist nun endgültig vom Tisch.«

»Stimmt. Es wären schon komische Einbrecher, die die ganze Wohnung durchwühlen, aber die wertvolle Briefmarkensammlung übersehen.«

Peter, der zufrieden mit dem Ergebnis ihrer Befragungen war, gab Gas, und keine Dreiviertelstunde später rollte ihr Wagen auf den Hof der Detektei. Sie stiegen aus und gingen ins Büro, wo schon alle anderen versammelt waren. Kein Wunder, denn es war schon fast siebzehn Uhr.

»Hallo, was habt ihr denn so erlebt?«, fragte Peter, und Verena berichtete vom Anruf der Partoluccis und von dem nächsten Erpresserbrief mit dem Geldübergabetermin. Dass der Brief der Polizei übergeben werden sollte, gefiel Peter nicht sonderlich. »Immerhin wissen wir jetzt, wie viel Zeit uns noch bleibt«, sagte er grimmig. »Und was kam in Bad Homburg heraus?«

»Nichts«, sagte Verena.

Stefan sah seine Frau fragend an, da sagte Claus: »Wir waren schon vor Mittag wieder hier. Die Bad Homburger Kollegen waren alles andere als freundlich. Doch sie haben die Karten so weit auf den Tisch gelegt, dass wir mit Sicherheit sagen können, unser Fall hatte nichts mit der Entführung zu tun. Es war die Tat einer stadtbekannten Jugendgang.«

»Und bei euch?«, fragte Peter seine Frau, »da war's noch öder, stimmt's?«

»Und wie«, antwortete Annika. »Außer dass Steffi mit einem gezielten Tritt einen bewaffneten Gangster zu Fall gebracht hat, ist nichts passiert.«

Claus, der sich den Bericht über die Heldentat seiner Frau im Laufe des Nachmittags schon dreimal hatte anhören dürfen, berichtete Peter und Stefan, was geschehen war, und sagte zum Abschluss: »Nach Angaben des gerufenen Polizisten gehörte der Typ zu einer Bande von Schutzgelderpressern. Sie hatten sozusagen als letzte Warnung den Wagen des spanischen Feinkosthändlers gestohlen, als er mit Einkäufen vom Großmarkt kam und zu seinem Laden fahren wollte. Zur Bekräftigung ihrer Forderung hatten sie ihn außerdem krankenhausreif geschlagen. Als ihnen zu Gehör kam, dass er auspacken wollte, haben sie einen Killer geschickt. – Steffi, Schatz, du hast dich mit deiner Heldentat in Gefahr begeben.«

»Ich weiß, aber hätte ich zusehen sollen, wie der Mann abgeknallt wird?«

»Jetzt weißt du mal, wie es mir immer ergeht, wenn ich mal wieder Blessuren mitbringe.«

Stefanie zog es vor, darauf nichts zu erwidern, aber Peter fragte, obwohl er die Antwort ahnte: »Steffi, woher hast du eigentlich diese Kampftechnik?«

»Als Claus schon einige Zeit bei euch mitmischte und ich merkte, dass wir plötzlich sogar mehr Geld zur Verfügung hatten als vorher, hab ich meinen Job als Arzthelferin gekündigt. Zu Hause wurde mir aber schnell langweilig. Also hab ich Kim Li gefragt, ob sie mir ein paar Kniffe beibringt. Da sieht man mal, wozu das gut ist.«

»Versteh einer die Frauen«, murmelte Claus, und Peter sagte: »Kommt, lasst uns Feierabend machen. Mal sehen, wer morgen früh mit mir noch mal nach Limburg fährt.«

»Egal wer«, warf Stefan ein, »aber besser erst gegen Mittag. Wer weiß, wann die Frau nach Hause gekommen ist.«

11.

Am Sonntagvormittag, kurz bevor er losfahren wollte, rief Peter in Bad Camberg an und meldete sich bei Cornelia Funke, deren Telefonnummer glücklicherweise im Online-Verzeichnis stand. Da Claus seiner Frau und seiner Tochter für den Sonntagmorgen ein Familienfrühstück versprochen hatte, wollte Stefan Peter erneut begleiten.

Als sie gegen halb elf im Auto saßen, sagte Stefan: »Es ist fast wie früher. Wir, also die Stammformation, sind gemeinsam unterwegs.«

»Gefällt es dir nicht so, wie es jetzt ist?«, fragte Peter verwundert, und Stefan meinte: »Doch, schon. Aber irgendwie muss ich mich immer noch daran gewöhnen, dass wir in ständig wechselnder Zusammensetzung unterwegs sind. Auch wenn es schon bald zwei Jahre sind.«

»Dann gewöhn dich mal langsam dran«, sagte Peter lachend, während er sich an der Anschlussstelle Niedernhausen auf die Autobahn in Richtung Limburg einfädelte. »Ich werde dieses Jahr neunundfünfzig; ewig werde ich den Job auch nicht mehr machen können.«

»Du denkst ans Aufhören?«, rief Stefan entsetzt aus.

»Nein, nein, im Moment keinesfalls. Aber während du noch gut und gern fünfundzwanzig Arbeitsjahre vor dir hast, werde ich in vier, fünf Jahren anfangen kürzerzutreten. Burkhard macht das schon ganz richtig. Er zieht sich schrittweise aus seiner Anwaltskanzlei zurück.«

Stefan schwieg betroffen, denn dieses Thema hatte er, obwohl es naheliegend war, bislang erfolgreich zu verdrängen vermocht. Auch Peter hing seinen Gedanken nach, denn obwohl er sich schon öfters damit befasst hatte, war auch ihm noch völlig unklar, wie er sich sein Leben in den nächsten zehn Jahren vorstellte.

So blieb es still im Auto, und nicht einmal das Radio wurde eingeschaltet, bis sie vor dem Mehrfamilienhaus in Bad Camberg einparkten.

Erst als sie am Eingang standen und auf den Klingelknopf zu Frau Funkes Wohnung drückten, sagte Peter: »Mal sehen, ob die Dame uns irgendetwas erzählen kann, was wir noch nicht wissen.«

Kurz darauf summte der Türöffner, und sie begaben sich in den dritten Stock. Cornelia Funke öffnete ihnen in einem eleganten cremefarbenen Hosenanzug und bat sie hinein. Die Wohnung, die beachtliche Ausmaße hatte, war genauso elegant möbliert, wie die Frau gekleidet war, und als sie in den bequemen Ledersesseln Platz genommen und etwas zu trinken bekommen hatten, sah Frau Funke sie erwartungsvoll an.

Als die Detektive nicht gleich loslegten, übernahm sie das mit einer erfrischenden Direktheit.

»Ich habe gehört, was dem armen Herrn Stahl widerfahren ist. Sie sind also Privatdetektive und untersuchen den Fall?«

»In gewisser Weise ja.«

»Was bedeutet das – in gewisser Weise?«

»Im Zusammenhang mit einem Entführungsfall sind wir auf diesen Mord gestoßen, und es kommt uns so einiges daran sonderbar vor.«

»Was hat Herr Stahl mit einer Entführung zu tun? Dieser gutmütige, vielleicht etwas verschlossene ältere Herr? Das kann ich mir nicht vorstellen.«

»So war es auch nicht gemeint«, sagte Peter, der bislang allein gesprochen hatte, und nun stieg Stefan mit ins Gespräch ein: »Wir vermuten vielmehr, dass er nicht, wie die Polizei glaubt, in seiner Wohnung ermordet wurde. Wir glauben, dass er irgendwo etwas gesehen oder gehört hat, das im Zusammenhang mit der Entführung steht, und deshalb nicht mehr weiterleben durfte. Dann wurde seine Leiche so hier abgelegt, oder besser abgesetzt, dass die Polizei genau den Schluss zog, den sie ziehen sollte.«

»Da könnte etwas dran sein«, sagte die Frau zur Verblüffung der Detektive, denn insgeheim hatten sie befürchtet, auch hier erneut in eine Sackgasse zu geraten.

»Warum glauben Sie das?«

»Wie gesagt, Herr Stahl war ein sehr herzlicher, aber auch etwas kontaktscheuer Mensch. Erst wenn man ihn näher kannte, taute er auf. Hier im Haus hatten nur der Herr aus dem ersten Stock und ich näheren Kontakt zu ihm. Mit den anderen wurde er nie so recht warm. Dass er inzwischen nicht mehr in Aurich bei seiner Schwester war, wusste außer mir bestimmt keiner. Nicht mal der ältere Mann aus dem ersten Stock, der seine Blumen gießt, wenn Herr Stahl fort ist.«

»Und woher wissen Sie es?«

»Weil ich ihm begegnet bin, als er von dort zurückkam. Wir haben eine Weile zusammen geredet, da hat er mir vom Unfall seiner Schwester erzählt und dass er zurückgefahren war, um doch noch zum Jubiläumstreffen der ›Wandervögel‹ zu gehen. Anschließend wollte er gleich wieder ins Krankenhaus nach Emden fahren.

»Wandervögel, was ist das?«, fragte Stefan.

»Ein kleiner Haufen aus Wanderverrückten. Der einzige soziale Kontakt, den Herrn Stahl neben seiner Schwester außerhalb dieses Hauses pflegt, soviel ich weiß.«

»Wo können wir die finden? Haben die ein Vereinsheim?«

»Soviel ich weiß, nicht. Leider kenne ich auch keinen von ihnen.«

»Schade.«

»Ach doch, warten Sie, gleich habe ich es. Einmal kam eine Dame um die fünfzig in Wanderausrüstung am Haus vorbei. Da wir gerade draußen standen, stellte er sie mir vor. Astrid, äh, irgendwas mit T, Thiel... Thiele... ach ja, Thielemann hieß sie. Sie wohnt hier in Bad Camberg. Irgendwo in der Nähe des Markts.«

»Danke, Sie haben uns sehr geholfen«, sagte Peter, »vielleicht kommen wir so weiter.«

»Hoffentlich klären Sie den Mord an Herrn Stahl im Rahmen Ihrer Entführungssache auf. Wenn es sich herausstellen sollte, dass er nichts mit Ihrem Fall zu tun hat, kann ich Sie engagieren, um den Mord aufzuklären? Ich hab den älteren Herrn sehr gemocht.«

»Ich denke, dass wir auf der richtigen Fährte sind«, sagte Peter, »aber wir halten Sie auf dem Laufenden. Nun müssen wir aber weiter zu Frau Thielemann.«

Dann verabschiedeten sich die beiden Detektive und gingen zu ihrem Wagen zurück. Unterwegs war Peter bereits mit seinem Handy auf die Webseite des örtlichen Telefonbuchs gegangen. Wenige Sekunden später hatte er Frau Thielemanns Nummer gefunden und rief bei ihr an.

Nachdem er das Missverständnis ausgeräumt hatte, dass er Mitglied bei den Wandervögeln werden wollte, und sein Anliegen erklärt hatte, war er von der Frau gebeten worden, doch gleich vorbeizukommen, auch wenn gerade Mittagessenszeit war. Kurz darauf standen sie vor ihrer Haustür.

»Ach, Sie sind zu zweit?«, fragte sie etwas erschrocken, doch als Peter ihr seine Karte gegeben hatte, wurde sie zugänglicher.

»Ach ja, der arme Hubert. Finden Sie die Schweine, die das waren. – Aber was wollen Sie von mir?«

»Mit Ihnen so genau wie möglich seine letzten Stunden und Tage rekonstruieren. Irgendwo in den achtundvierzig Stunden nach seiner Rückkehr aus Aurich muss er seinen Mördern begegnet sein.«

»Ich denke, er ist in seiner Wohnung …«

»Wir vermuten, es wurde so arrangiert, dass die Polizei genau das glaubt.«

»Ach so … Ich fürchte allerdings, Ihnen nur wenig weiterhelfen zu können.«

»Wieso?«

»Er hat zwar angerufen, um doch noch bei unserem Sprintwandern teilzunehmen. Er war auch noch am Treffpunkt am Marktplatz in Bad Camberg. Aber irgendwo unterwegs ist er dann ausgestiegen.«

»Sprintwandern, was ist das?«, fragte Stefan.

»Kurze Routen zwischen zehn und fünfundzwanzig Kilometern, bei denen um die Wette gewandert wird. Das liebte Hubert besonders, weil man im Regelfall allein oder in kleinen Grüppchen unterwegs ist. Wer zuerst am Ziel ankommt, hat gewonnen. Am Ende steht immer eine Feier, ein Geburtstag eines Mitglieds oder, wie dieses Mal, das Vereinsjubiläum, und da diese Feiern immer feucht-fröhlich werden, übernachten wir im Regelfall im Zielgasthof. Der Sieger bekommt seine Kosten der Feier aus der Vereinskasse bezahlt.«

»Hubert Stahl ist, sagten Sie, vorher ausgestiegen? Warum?«

»Er hatte sich den Fuß verstaucht. Er rief mich an, sagte, er wolle zum Bus zurücklaufen und zum Arzt gehen. Wenn es nicht so schlimm wäre, würde er am Abend mit dem Auto zum Gasthof kommen. Aber er kam nicht, also dachten wir, der Arzt hätte ihm Ruhe verordnet. Am nächsten Morgen wurde er gefunden.«

»Welchen Weg hatten Sie denn für Ihre Sprintwanderung vorgesehen?«

»Keinen bestimmten. Nur der Start und das Ziel waren festgelegt – Start war der Marktplatz hier in Bad Camberg und Ziel das kroatische Restaurant am Markt in Idstein. Damit niemand betrügt und mit dem Bus fährt, muss jeder unterwegs Selfies von sich und der Strecke machen, um die Route zu dokumentieren.«

»Also müsste Herr Stahl wenigstens ein oder zwei Fotos davon auf seinem Handy haben?«

»Mindestens. Als er sich abmeldete, waren wir schon geraume Zeit unterwegs.«

»Danke, das hilft uns sehr weiter.«

»Wirklich? Ich habe doch gar nichts dazu beitragen können, dass …«

»Doch, Sie stützen mit allem, was Sie sagten, unsere Theorie. Ein kurzer Anruf beim Kommissar in Limburg, und wir wissen wieder etwas mehr.«

Stefan und Peter verabschiedeten sich von der Wanderfreundin Hubert Stahls.

»Meinst du, der Kommissar hat Dienst?«, fragte Stefan. »Mal sehen«, antwortete Peter und wählte Friedrichs Durchwahl in der Polizeidirektion.

Sie hatten Glück. Nur wenige Sekunden später meldete sich Friedrich Schäfers Stimme, und Peter fiel gleich mit der Tür ins Haus.

»Habt ihr das Handy von Hubert Stahl gecheckt? Hat euer Gerichtsmediziner einen verstauchten Fuß bei ihm festgestellt? Und habt ihr Unterlagen von einem Arztbesuch? Vielleicht ein Rezept oder eine frische, wenig benutzte Salbe bei ihm gefunden?«

»Nun mal langsam, Peter. Warum willst du das alles wissen?«

Peter umriss dem Kriminalbeamten kurz, was er und Stefan im Laufe des Sonntags erfahren hatten, und als er geendet hatte, hörte man den Beamten am anderen Ende der Leitung tief durchatmen.

»Moment mal«, sagte er, und man hörte, wie er auf die Tastatur seines Computers einhämmerte.

Nur wenige Augenblicke später sagte er: »Wir haben Glück. Der Rechtsmediziner, der die Obduktion gemacht hat, und der Leiter der Spurensicherung, der in diesem Fall vor Ort war, sind im Haus und haben Bereitschaftsdienst. Ich werde mit beiden sprechen. Vielen Dank für deine Hilfe.«

»Moment mal, so einfach lassen wir uns nicht abspeisen. Wir müssen in unserem Fall schließlich auch weiterkommen.«

»Ich glaube, das ist jetzt Sache der Polizei. Ich werde auch Meldung nach Wiesbaden machen, das verspreche ich euch.«

Noch bevor Peter irgendetwas sagen konnte, wurde auf der Gegenseite aufgelegt.

»Verdammt, so war das aber nicht geplant«, murrte Peter, und gerade als Stefan den Wagen auf den Hof der Detektei lenkte, sagte er: »Dann weißt du, wie es jetzt weitergeht.«

»Nein, wie?«

»Wir gehen davon aus, dass keine Fotos, kein Rezept und auch keine Salbe gefunden werden.«

»Also nehmen wir an, dass jemand die Fotos gelöscht und ihn, noch bevor er zum Arzt gehen konnte, ermordet hat.«

»Stimmt. Du weißt es doch! Aber weißt du auch, wen wir jetzt brauchen?«

»Nein, wen?«

»Wen schon, Kim Li. Die kennt sich dort oben im Wald zwischen Bad Camberg und Idstein besser aus als ich in meiner Westentasche. Sie kann uns sagen, wo es eine Hütte, eine Erdhöhle, ein leer stehendes Haus oder sonst etwas Ähnliches gibt, wo man mühelos ein Kind für mehrere Tage verstecken kann.«

»Verdammt, du hast recht«, sagte Stefan und verkniff sich den Hinweis, dass Peter sich in seiner Westentasche ohnehin kaum auskennen könne, da er das edle Stück kaum noch trage. Dann ließen sie sich, da sie inzwischen im Büro angekommen waren, in ihre Sessel fallen.

Während die beiden Detektive auf ihre Mitstreiter warteten, landete auf dem Frankfurter Flughafen die Maschine, die Burkhard Pfannmöller und seine frisch Angetraute aus den Flitterwochen nach Hause brachte. Wegen eines Fluglotsenstreiks auf den Malediven war ihr Flieger mit mehr als vier Stunden Verspätung gelandet, und sie waren froh, endlich wieder heimischen Boden unter den Füßen zu haben.

Sie entschieden sich kurzerhand, per Taxi in den Taunus zu fahren und vorher nicht zu Hause anzurufen, sonst hätte bestimmt eines der Kinder alles stehen und liegen gelassen, um sie abzuholen. Doch genau das wollten sie nicht.

Während der Taxifahrer das Flughafengelände verließ und sich auf die B 43 einfädelte, sagte Claudia Pfannmöller, die sich auf der Rückbank eng an ihren Mann kuschelte: »Burkhard, die Flitterwochen waren toll, aber jetzt bin ich froh, wieder zu Hause zu sein.«

»Ich auch. Und nicht nur, weil inzwischen alle meine Hosen zu kneifen beginnen. Das Essen im Hotel war aber auch zu gut.«

»Ich fürchte, unsere Waage sagt wieder Sie zu uns – aber du sagtest eben, *nicht nur*, was hast du damit gemeint?«

»Wie gut du mich doch inzwischen kennst. Ich habe daran gedacht, dass Karin mich drei Wochen lang in der Kanzlei vertreten musste. Wie gut sie wohl zurechtgekommen ist?«

»Frag sie doch!«

»Genau das werde ich tun«, sagte Burkhard, und noch bevor seine Frau ihn daran erinnern konnte, dass Sonntag war, hatte er die Nummer der Kanzlei gewählt.

Er hielt das Handy so, dass Claudia auch bei gedrosselter Lautstärke gut mithören konnte, und kurz darauf hörten sie die Stimme von Burkhards ältester Tochter: »Kanzlei Burkhard Pfannmöller, Karin Seebacher am Apparat, was kann ich für Sie tun?«

Erst jetzt, da er die Stimme seiner Vorzimmerdame vermisste, fiel Burkhard selbst auf, dass Sonntag war, und er fragte verblüfft: »Du bist im Büro?«

»Ja, gleich morgen früh um neun steht ein Gerichtstermin an, darauf wollte ich mich noch ein bisschen vorbereiten.«

»Donnerwetter.«

»Seid ihr schon wieder zurück? Deine Stimme klingt so klar.«

»Ja, wir sitzen im Taxi und erreichen gerade Königstein.«

»Aber ich hätte euch doch abholen können.«

»Siehst du, genau deshalb …«

Weiter kam er nicht, denn seine Tochter unterbrach ihn: »Machen wir es kurz, ich komme heute am frühen Abend bei euch vorbei und bringe meine Schwestern mit. Dann können wir auf eure Rückkehr anstoßen.«

»Genauso machen wir es«, sagte Burkhard, dann legte er auf.

Nachdem Peter für die gesamte Mannschaft der Taunus-Ermittler, die inzwischen im Büro versammelt war, einen starken Kaffee gekocht hatte, berichteten Stefan und er den anderen, was sie am Mittag alles erfahren hatten.

»Du meinst also, dass Herr Stahl umgebracht wurde, weil er bei seiner Wanderung quasi über die Entführer stolperte?«, fragte Claus und gab sich gleich selbst die Antwort: »Ja, du könntest damit richtig liegen. Ich habe übrigens, während ihr unterwegs wart, einmal bei Richard Kramer angerufen und ihm gesagt, dass wir in den Ermittlungen gut weiterkommen. Da hat er einige wüste Drohungen gegen die Täter ausgestoßen. Um ihn abzulenken, habe ich ihn gefragt, wie es seiner Frau geht.«

»Gut gemacht. Ich hoffe nur, du hast ihm nicht allzu viel verraten. Ich will nicht, dass er sich am Ende noch in die Ermittlungen einmischt. Das kann nur schiefgehen«, sagte Peter. »Wie geht's Frau Kramer?«

»Außer dass im Moment keine akute Lebensgefahr besteht, unverändert. Keiner weiß, wann und ob sie wieder aufwacht. Außerdem hab ich noch mal mit dem Hallenmeister Meissner gesprochen. Der kam uns doch, als wir in der Halle waren, so verdächtig nervös vor.«

»Stimmt. Du warst aber fleißig. Hat sich daraus was ergeben?«

»Im Grunde nicht, aber ich weiß jetzt, warum er nervös war.«

»Wieso?«

»Erst wollte er nicht mit der Sprache herausrücken. Aber als ich ihm mit der Polizei drohte, gab er zu, dass er glaubt, einen Fehler gemacht zu haben. Er hatte nämlich die Anweisung, bei publikumsträchtigen Veranstaltungen stets in der Nähe des rückwärtigen Notausgangs zu bleiben. Irgendwelche Witzbolde versuchen immer, ohne zu bezahlen, auf diesem Weg ins Gebäude zu gelangen. An diesem Tag fühlte er sich allerdings nicht wohl, und er hatte sich gerade zu der Zeit, als es passierte, in seinem Büro eine halbe Stunde lang hingelegt, ohne auf den Notausgang zu achten. Er glaubt nun, wenn er unten in den Katakomben gewesen wäre, hätte er das Ganze vielleicht verhindern können.«

»Glaube ich nicht«, sagte Stefan, und Peter fügte hinzu: »Wahrscheinlich hätte bei der Brutalität des Entführers auch Meissner etwas abbekommen.«

»Das hab ich ihm auch gesagt. Es hat ihn aber nicht wirklich beruhigt.«

»Okay, zurück zu unseren Entführern«, sagte Peter, »Kim Li könnte uns mit ihren Ortskenntnissen bestimmt weiterhelfen.«

»Ganz genau. Ich frage mich nur, ob es nicht sinnvoll wäre, mit ihrer Befragung bis morgen früh zu warten, damit wir nicht Jörg und über ihn zwangsläufig auch Wiesbaden mit einweihen müssen.«

»Schon«, sagte Stefan, »aber Jörg in seiner Funktion als Kommissar in Hofheim können wir ohnehin nicht übergehen. Wenn irgendetwas schiefgeht und sich herausstellt, dass wir weitergehende Infos zurückgehalten haben, sind wir dran.«

»Stimmt auch wieder«, sagte Peter nachdenklich, »außerdem wird die Zeit langsam knapp. Dienstag soll die Geldübergabe sein. Ich kann es mir kaum vorstellen, dass sie das Mädchen darüber hinaus am Leben lassen werden. Dazu war ihr Vorgehen in der Vergangenheit einfach zu brutal.«

»Zumal sie ihr eigentliches Ziel auch schon erreicht haben«, ergänzte Stefan. »Ihr wisst ja, ich spreche, wenn auch nicht besonders gut, ein bisschen Italienisch und kann es auch einigermaßen lesen.«

Verena, die ahnte, worauf ihr Mann hinauswollte, sagte: »Du hast heute Nacht im Netz ein bisschen zur Politik in und um Florenz recherchiert. Was ist denn dabei herausgekommen? Das wollte ich dich heute Morgen schon fragen.«

»Luigi Partolucci hat seine Kandidatur zurückgezogen, wie es in einer Verlautbarung seiner Partei heißt. Alle stehen vor einem Rätsel. Offiziell heißt es, er ziehe sich aus gesundheitlichen Gründen gänzlich aus der Politik zurück.«

»Warum hast du uns das nicht sofort gesagt?«, fragte Annika.

»Als ich diese Pressemeldung endlich fand, habt ihr alle bestimmt schon geschlafen, und heute Morgen war kaum Zeit dazu. Später ist es dann in den Ermittlungen untergegangen.«

»Schon gut«, sagte Claus, »das heißt aber auch, jetzt wird's wirklich Zeit, dass wir weiterkommen. Wie spät haben wir es?«

»Kurz vor vier, warum?«, fragte Verena.

»Weil ich jetzt Kim Li anrufe und uns für fünf Uhr bei ihr anmelde. Fahren wir alle?«

»Das wird wohl das Beste sein. Will Steffi auch mit?«

»Es ist kein privates Treffen, und außerdem habe ich sie zu den Partoluccis rübergeschickt, um ihnen einen Zwischenstandsbericht zu geben und etwas Mut zu machen«, sagte Claus. »Ich denke, sie wird gerade dort sein.«

Eine gute halbe Stunde später waren sie bereits auf dem Weg nach Wicker. Sie fuhren mit ihrem neuen Ermittlungsbus, einem VW-Bus mit zweiter Sitzreihe, dessen hintere Seitenscheiben nur von innen durchsichtig waren und dessen spezieller Innenausbau noch erfolgen sollte.

So hatten sie genügend Platz und mussten sich nicht zu fünft in einen ihrer Wagen quetschen.

»Der läuft wenigstens besser als unsere alte Gurke«, sagte Stefan, der am Steuer saß und schmunzelte, als er daran dachte, wie sie vier Jahre zuvor bei einer Verfolgungsfahrt gnadenlos abgehängt worden waren.[6]

Kurz darauf fuhren sie vor dem schmucken Einfamilienhaus in Wicker vor, in dem Jörg und Kim Li Stuhlbein mit ihren beiden Kindern lebten.

Jörg erwartete die Detektive schon am Hoftor und sagte, als alle ausgestiegen waren: »Oha, die ganze Detektei. Dann muss irgendetwas vorgefallen sein.«

»Ja, aber lass uns erst mal reinkommen. Am besten gehen wir ins Arbeitszimmer, denn Kim Lis Hilfe ist gefragt.«

»Ihr wollt mit mir reden?«, rief Kim Li aus dem Wohnzimmer heraus und trat an die Zimmertür.

»Eigentlich mit euch beiden. Könnt ihr die Kinder …«, sagte Peter nur, da unterbrach ihn Kim Li: »Da trifft es sich gut, dass meine Eltern gerade da sind. Sie können derweil auf die Kinder aufpassen.«

Kaum hatte Kim Lis Vater, Dao Tae Wung, Peters Stimme vernommen, kam auch er in den Flur und begrüßte die De-

---

6   Vgl. Die Taunus-Ermittler, Band 8 – Völlig willenlos

tektive überschwänglich. Schließlich kannten sie sich alle gut. Dem alten Herrn, der inzwischen die achtzig erreicht haben musste, sah man sein Alter in keiner Weise an. Seine Schritte federten fast schon jugendlich, genauso wie sie ihn schon seit Jahren kannten.

»Lange nicht gesehen«, sagte er grinsend, »ihr müsst uns mal wieder in Bad Camberg besuchen kommen.«

Dann ging er ins Wohnzimmer zu seinen Enkeln zurück.

Kim Li führte die Detektive ins Arbeitszimmer, bot ihnen Platz um ihren Schreibtisch herum an und fragte: »Wobei kann ich euch helfen?«

Peter und Stefan erzählten abwechselnd, was sie am Mittag herausgefunden hatten, und während Jörg schweigend zuhörte, stellte Kim Li die ein oder andere kluge Frage. Als die beiden mit ihrem Bericht fertig waren, fragte sie: »Und jetzt wollt ihr von mir wissen, wo man dort oben im Wald ein Kind eine Woche lang oder mehr versteckt halten könnte, ohne dass es gleich auffällt?«

»Ganz genau«, sagte Peter, und Jörg Stuhlbein meinte nachdenklich: »Das, was ihr da sagt, hat immerhin so viel Hand und Fuß, dass ich die Kommissare Schlindwein und Dümmler informieren muss.«

»Morgen, oder?«

»Nein, jetzt sofort. Ich rufe in Wiesbaden an, vielleicht habe ich Glück und erwische Dümmler.«

Während Jörg Stuhlbein die Durchwahl des Dezernats Menschenraub wählte, fuhr Kim Li den Rechner hoch und holte sich eine Karte der betreffenden Gegend. Dann schaltete sie auf das Satellitenbild um und untersuchte die Gegend genau. Die Detektive ließen sie erst einmal in Ruhe arbeiten und versuchten stattdessen zu erlauschen, was Jörg in Wiesbaden erreichte.

»Ach, Herr Schlindwein, haben Sie heute Sonntags-
dienst«, sagte er zur Begrüßung, und kaum hatte er grob
umrissen, was er von den Detektiven erfahren hatte, da
hörten sie den cholerischen Kriminalbeamten so laut los-
brüllen, dass kein Lautsprecher mehr nötig war: »Da steckt
doch bestimmt wieder dieser Stettner dahinter. Solch un-
ausgegorenes Zeug verzapft doch nur der. Lassen Sie sich
nicht von diesen Möchtegern-Ermittlern auf Abwege oder
besser gesagt auf Irrwege führen. Ich habe diese kleine …
äh, diesen Marcello fast so weit, dass er singt. Morgen früh
knacke ich ihn. Glauben Sie es mir.«

Peter, Stefan und Claus zogen es vor, Kim Lis Ausfüh-
rungen zuzuhören und kehrten zu den Frauen zurück,
die inzwischen die Köpfe zusammensteckten und auf den
Computerbildschirm starrten.

»Na, was gefunden?«

»Es passt alles nicht so recht«, antwortete Kim Li, »irgendwas spricht immer dagegen. Einmal ist ein weiteres
Haus in der Nähe, einmal eine vielbefahrene Straße. Das
dritte Objekt, das mir einfällt, eine Forsthütte, liegt zu weit
ab vom Schuss, als dass der Wanderer ohne großen Umweg
daran vorbeigekommen sein könnte. Allen gemeinsam ist
aber, dass das Risiko, entdeckt zu werden, enorm groß ist.«

»Du hast recht, eine Woche, ohne dass sie aufgefallen
sind, kann nur bedeuten, dass das Versteck verdammt gut
gewählt ist. Bitte denk noch mal ganz genau nach, unsere
Zeit wird langsam knapp.«

Eine weitere halbe Stunde starrten zehn Augenpaare auf
den Bildschirm, und kein Objekt, das sie in die engere Wahl
zogen, hielt einer genauen Prüfung stand.

Plötzlich fuhren sie alle zur Tür hin herum, denn lässig
in den Rahmen gelehnt stand dort Dao und sagte: »Ich höre

euch schon eine ganze Weile lang zu. Ein Objekt habt ihr bei euren Betrachtungen völlig außen vor gelassen.«

»Welches denn?«, fragte Kim Li.

»Den alten Weberhof bei Wallrabenstein. Er liegt am Waldrand und drei oder vier Kilometer von jeder Bebauung entfernt.«

»Steht der leer?«, fragte Stefan.

»Schon seit etlichen Jahren. Erbstreitigkeiten.«

»Ja, liegen würde der alte halbverfallene Hof gut. Abgesehen davon, dass ich das Haus für unbewohnbar halte, müssen die Streitigkeiten inzwischen beigelegt sein. Mir hat erst gestern eine Freundin, mit der ich telefoniert habe, erzählt, dass dort Handwerker zugange wären, die mit der Renovierung begonnen hätten.«

»Das kann nicht sein«, warf Dao ein, »ich kenne den Anwalt einer der Parteien. Vorgestern beim Stammtisch hat er mir sein Leid geklagt, dass der Cousin seiner Mandantin, ein ganz unangenehmer Zeitgenosse aus der Oberpfalz, ihn am Telefon mal wieder so richtig zusammengefaltet hat. Dabei hat er auch sein weiteres gerichtliches Vorgehen gegen das Testament angekündigt.«

»Das heißt, im Grunde können gar keine Handwerker zugange sein«, sagte Peter hoffnungsfroh, »Das sehen wir uns, so schnell es geht, einmal an.«

»Okay, aber haltet euch bitte erst mal zurück und unternehmt nichts ohne die Polizei. Es ist inzwischen ohnehin dunkel, und das erschwert die Sache ungemein«, sagte Jörg. »Ich verspreche euch, ich werde gleich morgen früh zu Dienstbeginn mit Kommissar Dümmler sprechen. Ich denke, er ist bedeutend zugänglicher für eure Recherchen.«

»Gut, mach das«, sagte Stefan, der am liebsten sofort aufgebrochen wäre. Er ließ sich aber davon überzeugen, dass es vernünftiger war, in unbekanntem Terrain und völlig ohne Licht kein Risiko einzugehen, zumal sie nicht wussten, ob und wie viele Personen sie dort erwarteten. Dann setzten die Detektive sich noch eine kurze Weile mit Jörg und Kim Li zu Dao und seiner Frau ins Wohnzimmer. Als sie nach Hause aufbrachen, war es schon nach zwanzig Uhr.

12.

Am Montagmorgen waren Peter, Stefan und Claus schon um halb acht Uhr im Büro. Sie wollten in Kürze nach Wallrabenstein aufbrechen, um diesen Weberhof genauer unter die Lupe zu nehmen. Peter hatte ein ganz sonderbares Gefühl bei der Sache, und auf sein Gefühl hatte er sich eigentlich immer verlassen können. Deshalb hatte er sich auch den Frauen gegenüber durchgesetzt und sie nachdrücklich gebeten, zu Hause zu bleiben.

Zuerst hatte er sich ganz besonders Annikas Zorn zugezogen, aber als er argumentiert hatte: »Stell dir vor, wir hätten recht, und die Entführer haben sich dort verschanzt. Dann kann es ohne Weiteres sein, dass wir in einen Hinterhalt geraten. Was wird aus unseren Kindern, wenn uns allen etwas zustößt?«

Während Verena klein beigegeben hatte, hatte Annika noch dagegengehalten, dass Sven schließlich bald 17 Jahre alt würde, worauf wiederum ihr Mann konterte: »Der braucht jetzt ganz besonders deine Aufsicht. Oder meinst du, dass er freiwillig fürs Abitur lernt?«

Aber Peter wäre nicht Peter gewesen, hätte er nicht gleich noch eine kleine Frechheit hinterhergeschickt: »Aber nicht, dass ihr meint, hier einen faulen Lenz schieben zu können. Auch für euch gibt es einiges zu tun. Ruft die Partoluccis an und unterrichtet sie von den neusten Ereignissen, und vor allem setzt euch mit Jörg in Verbindung. Es wäre wichtig zu wissen, ob er Kommissar Dümmler erreicht hat. Der wäre bestimmt zugänglicher dafür, dass eine ständige Leitung zwischen Wiesbaden und uns aufgebaut wird. Sollten wir etwas entdecken, wäre es für alle wichtig, dass schnell gehandelt werden kann.«

»Sonst noch was?«, fragte Annika, der Peters Befehlston mal wieder gegen den Strich ging, schnippisch, und zu ihrer Überraschung sagte er: »Ja, ihr könnt gern auch Richard Kramer anrufen. Erkundigt euch, wie es seiner Frau geht, und teilt ihm ruhig mit, dass wir den Tätern schon auf den Fersen sind. Nicht nur Claus, auch ich hatte das letzte Mal, als ich mit ihm sprach, das Gefühl, er steht kurz vorm Nervenzusammenbruch. Aber Details braucht er nicht zu wissen! Nicht dass er sich doch noch einmischt. So – jetzt frühstücken wir noch etwas, wer weiß, wann es wieder was gibt –, dann brechen wir auf.«

»Ich rufe Herrn Kramer gleich jetzt an, nachher ist er bestimmt schon unterwegs in die Uni-Klinik«, sagte Annika, und Peter, der unterdessen einen Kaffee aufsetzte, sagte: »Ja, tu das.«

Hauptkommissar Dümmler stürmte erzürnt ins Büro und rief: »Dieter, bist du denn von allen guten Geistern verlassen?«

»Wieso, was ist?«, fragte Schlindwein, der an seinem Schreibtisch saß und etwas gequält zur Tür sah.

»Hauptkommissar Stuhlbein aus Hofheim hat gestern Abend mit dir gesprochen?«

»Ja, diese … diese Detektive haben ihn mal wieder mit irgendeiner abstrusen Geschichte eingewickelt und ihn vorgeschickt, um mich damit zu belästigen.«

»Abstruse Geschichte? Hast du ihm nicht richtig zuge-hört?«

»Sollte ich? Ich hatte auf Durchzug geschaltet. Das Ge-schwätz ging bei mir zum einen Ohr rein und am anderen wieder raus.«

»Du hättest aber besser zuhören sollen. Was Kollege Stuhlbein mir eben sagte, klang für mich absolut plausibel.«

»Hat er dich also auch belästigt?«

»Ja – zum Glück. Ich habe mich daraufhin sofort mit Limburg in Verbindung gesetzt und mich dort mit Kom-missar Schäfer verbinden lassen. Seitdem bin ich mir völlig sicher, da ist was dran. Ich habe es bereits von höchster Stelle absegnen lassen, dass wir einen Bus mit acht Beam-ten des SEK bekommen und wir beide den Einsatz leiten. Außerdem habe ich Jörg Stuhlbein gebeten, mir die Han-dynummer von Stettner zu geben. Sobald ich mit ihm ge-sprochen habe, brechen wir auf.«

Schlindwein schien drauf und dran, verärgert aufzufah-ren, und begann: »Ich bin hier der ...«, aber dann sagte er nur: »Wenn du dich unbedingt blamieren willst«, verzog plötzlich das Gesicht zu einer schmerzverzerrten Grimasse und ließ sich in seinen Stuhl zurückfallen.

Doch das sah Dümmler schon nicht mehr, denn er war bereits wieder auf dem Weg nach draußen.

Unterdessen waren die Detektive aufgebrochen, und da sie nicht wussten, was sie erwartete, kam ihr neuer Ermitt-lungsbus nun schon zum zweiten Mal zum Einsatz. Sie hat-ten die Autobahnauffahrt von Niedernhausen noch nicht ganz erreicht, da meldete sich Peters Handy. Da er, je näher er der sechzig kam, immer fahrfauler wurde, saß Claus am Steuer, und so konnte er direkt ans Telefon gehen.

Er schaltete den Lautsprecher ein, und sofort schallte ihnen eine altbekannte Stimme entgegen: »Hallo, Herr Stettner, hier spricht Hauptkommissar Dümmler aus Wiesbaden. Ich habe von Herrn Stuhlbein von Ihrer Vermutung erfahren und muss Ihnen recht geben. Es könnte durchaus etwas dran sein.«

Dass das absolut tiefgestapelt war, ahnte Peter sofort, aber als er dem Kommissar gesagt hatte, dass sie schon auf dem Weg nach Wallrabenstein seien, bekam er umgehend die Gewissheit.

»Gut, fahren Sie hin, auch wenn ich absolut nicht begeistert davon bin. Zumal ich weiß, dass Sie sich das Heft des Handelns nur ungern aus der Hand nehmen lassen. Dennoch bitte ich Sie, belassen Sie es dieses Mal bitte beim Beobachten. Ich habe bereits ein kleines Team mit acht SEK-Beamten zusammengestellt, und wir brechen in Kürze dorthin auf. Je besser Sie beobachten und je genauer wir die Lage vor Ort einschätzen können, bevor wir stürmen, umso geringer ist die Gefahr, dass dem Mädchen irgendetwas geschieht. Rufen Sie mich bitte, sobald Sie vor Ort sind, wieder an.«

»Okay, machen wir«, sagte Peter so überzeugend, wie er konnte, und die anderen beiden grinsten, dann legte er auf.

Die drei Detektive waren so sehr damit beschäftigt gewesen, Dümmler zu beruhigen, dass es ihnen gar nicht aufgefallen war, dass ihnen schon seit einigen Kilometern mit nicht einmal allzu großem Abstand ein älterer PKW folgte.

Gute zwanzig Minuten später waren sie in der Nähe des Anwesens angelangt. Sie hatten ihren Wagen so im Unterholz des nahen Waldes verborgen, dass sie zwar einen hervorragenden Blick auf das verlassen daliegende Anwesen hatten, selbst aber von dort aus nicht gesehen werden konnten.

»Sieht aus, als wäre niemand da«, sagte Stefan, und Claus ergänzte: »Man müsste mal nachsehen gehen.«

»Richtig. Wir können unmöglich auf das SEK warten.«

Die Detektive berieten noch, wie sie weiter vorgehen wollten, da nahm Peter ein Geräusch wahr, das eindeutig nicht zu einem verlassenen Hof passen wollte. Eine Tür knarrte ganz leise. Obwohl es nicht der richtige Moment dafür war, durchfuhr Peter ein freudiger Schrecken. Konnte es etwa sein, dass sein verloren geglaubtes phänomenales Gehör zurückkam?

»Habt ihr das auch gehört?«

»Nein, was?«, fragte Stefan, und Claus sah ihn verständnislos an.

»Die Tür.«

Noch bevor jemand fragen konnte, welche Tür er denn meine, sahen sie ihn. Ein Mann mittleren Alters trat, sich vorsichtig umschauend, auf den Hof hinaus. Vermutlich war er durch eine Tür an der Seite des Hauses auf den Hof gekommen, die sie von ihrer Position aus nicht sehen konnten. Er drehte sich zum Haus hin um und sagte etwas zu einer zweiten Person, die vermutlich in der Tür stand. Leider konnte keiner von ihnen verstehen, was es war, auch Peter nicht.

Dafür sahen sie alle etwas, das ihnen Gewissheit gab, auf der richtigen Spur zu sein. Als der Mann sich zum Haus hin umdrehte, gab seine lederne Winterjacke, die er offen umgehängt hatte, den Blick auf seinen Hosengürtel frei. Im Hosenbund steckte, das war ganz eindeutig zu sehen, eine Pistole.

Leider waren die Detektive nicht die Einzigen, die genau

das gesehen hatten, und so überschlugen sich schon wenige Sekunden später die Ereignisse.

Am Montagmorgen meinte Old Boy: »So, morgen soll die Geldübergabe sein. Dann wird es ernst.«

»Du willst die Kleine also tatsächlich verschwinden lassen?«, fragte der, der von Old Boy immer nur Marc genannt wurde. »Muss das wirklich sein?«

»Ich fürchte ja. Es passt mir selbst nicht, ein Kind um die Ecke zu bringen. Aber wenn wir unser eigenes Ding durchziehen und mit dem Lösegeld Europa verlassen wollen, können wir niemanden zurücklassen, der uns beschreiben kann.«

»Müssen wir denn wirklich gar so weit weg verschwinden?«

»Du hast es immer noch nicht kapiert, wie? Die haben mir den Auftrag erteilt, euch beide aus dem Weg zu räumen. Meinst du, die würden mich als ihren Handlanger und Mitwisser anschließend unbehelligt lassen? Nee, da wart ich nicht drauf, dass mich irgendwann demnächst aus dem Hinterhalt ein Schuss trifft. – Moment mal. Da draußen ist wer. Ich geh raus und sondiere die Lage.«

»Wer sollte …«

»Weiß ich nicht, aber ich traue denen nicht mehr über den Weg. Wer weiß, vielleicht ist schon alles über die Bühne gegangen, und wir wissen von nichts. Dann wollen die vielleicht gleich jetzt Fakten schaffen. Hol du derweil die Kleine aus dem Keller. Vielleicht müssen wir auf der Stelle verduften.«

Old Boy ging zur Tür, öffnete sie und sah sich vorsichtig um. Seine Nerven lagen blank, und schon das leise Knarren der Tür ließ ihn innerlich zusammenzucken. Aber alles blieb ruhig. Er ging vorsichtig einige Schritte bis in die Mitte des Hofs, blickte wachsam in alle Richtungen und drehte sich dann zu Marc um, der inzwischen mit Chiara in der Haustür aufgetaucht war.

Marc hatte das Mädchen mit Handschellen an sich gefesselt, damit sie ihm nicht entkommen konnte, und fragte: »Was ist?«

»Nichts, ich scheine mich geirrt zu haben«, sagte Old Boy gerade, da brach ein Mann, der offensichtlich rasend vor Wut war, aus dem Unterholz. Das doppelläufige Jagdgewehr machte in seinen Händen einen durchaus gefährlichen Eindruck.

Old Boy versuchte die Pistole aus dem Hosenbund zu reißen, blieb kurz am Gürtel hängen, bekam sie dann doch noch frei und schoss.

Die Detektive beratschlagten gerade, ob sie die Entführer direkt angreifen oder sich besser anschleichen sollten. Dazu versuchten sie das Risiko, dass noch mehr als eine Person im Haus sein könnte, abzuschätzen. Gerade als sie sich dazu entschlossen, wohl besser noch eine Weile auf Hauptkommissar Dümmler und seine Leute zu warten, geschah es.

Nur wenige Meter neben ihnen brach ein Mann aus dem Unterholz, den sie sofort als Richard Kramer identifizierten. Dass er ein Jagdgewehr in Händen hielt, ließ nichts Gutes erahnen.

»Scheiße«, sagte Peter halblaut, und Kommissar Dümmler, der gerade mit seinen Leuten angekommen und zu ihm hingetreten war, gab das Echo dazu. Die Beamten des SEK, die noch etwa zehn Meter von ihnen entfernt gerade ihre Waffen aus den Wagen nahmen, brauchten einige Sekunden, um zu begreifen, was da gerade geschah.

Sekunden, die keiner von ihnen Zeit hatte, ganz besonders nicht Richard Kramer.

Claus erkannte das sofort und sprintete dem Mann hinterher. Der immer noch recht gut durchtrainierte ehemalige Polizist holte Kramer ein, noch bevor er die halbe Distanz zwischen dem Wald und Old Boy zurückgelegt hatte. Mit einem kühnen Sprung warf er sich auf ihn und riss ihn zu Boden. Keine Sekunde zu früh, denn genau in dem Moment pfiff eine der beiden Kugeln, die für ihre Köpfe bestimmt waren, über sie hinweg. Die zweite Kugel, nur Sekundenbruchteile später abgefeuert, konnte Old Boy gerade noch auf die veränderte Zielrichtung umlenken, doch auch sie streifte nur noch den Arm von Richard Kramer.

Zum Glück blieb ihm keine Zeit mehr, einen weiteren Schuss abzugeben, denn obwohl auch Claus schon seine Waffe in der Hand hatte, war keineswegs sicher, wer von ihnen zuerst getroffen hätte. Aber inzwischen waren auch die acht schwer bewaffneten und vermummten Beamten des SEK auf die Lichtung gestürmt und rannten dem Ganoven, der sich Old Boy nannte, hinterher. Er suchte, angesichts der großen Übermacht der Beamten, sein Heil in der Flucht. Jedoch hatten sie ihn inzwischen eindeutig als Matteo Cesano identifiziert.

Während einer der Beamten zurückgeblieben war, um sich um Richard Kramer zu kümmern, der mit schmerzverzerrtem Gesicht etwas verloren auf der Lichtung stand, und die anderen dem flüchtenden Gangster folgten, war es in dem ganzen Tumult weder Hauptkommissar Dümmler noch Peter, der sich mit dem Beamten beriet, aufgefallen, dass Stefan sich still und leise entfernt hatte. Erst als Peter sich zu ihm hindrehte, um ihn etwas zu fragen, bemerkte er es.

Dümmler, dem Stefans Abwesenheit inzwischen auch aufgefallen war, fragte: »Was hat Ihr Kollege vor?«, erntete aber nur ein Schulterzucken, obwohl Peter es ahnte.

Stefan war schon, bevor der Tumult losging, aufgefallen, dass kein Wagen zu sehen war oder wenigstens etwas, was ein passendes Versteck abgegeben hätte. Obwohl die Ganoven ganz eindeutig einen besitzen mussten. Schließlich hatten sie nicht nur die kleine Chiara hierher und die Leiche von Hubert Stahl nach Bad Camberg gebracht, sie hatten in den mindestens neun Tagen, die sie hier hausten, auch das ein oder andere einkaufen müssen. Das konnte nur bedeuten, dass der Wagen hinter dem Haus stand. Wenn das Haus nun aber einen Hinterausgang hätte, wären die Gangster weg, bevor das SEK am Haus angekommen wäre.

Deshalb sagte Stefan kein Wort und schlich sofort los. Für lange Erklärungen blieb einfach keine Zeit. Wenn er Glück hätte, wäre er gerade noch rechtzeitig dort und könnte verhindern, dass Chiara erneut verschleppt würde.

Nur wenige Sekunden später war er hinter dem Haus angekommen und sah den Wagen rückwärts aus der Scheune fahren und mitten auf dem Hof halten. Ein ziemlich junger Mann, der so gar nicht nach Gangster aussah, stieg aus und rannte auf das Haus zu; vermutlich, um Chiara zu holen. Stefan, der inzwischen hinter einem Holzstapel ganz in der Nähe der Tür verborgen stand, sah er nicht.

So bemerkte er auch nicht, dass Stefan mit einem Holzscheit bewaffnet hervortrat, und noch bevor er es wirklich registrieren konnte, sauste der Knüppel auf ihn nieder und setzte ihn in Sekundenbruchteilen außer Gefecht. Genau in dem Moment trat Matteo Cesano aus der Tür, sah seinen bewusstlosen Kumpanen und riss die Pistole hoch.

Stefan, der von ihm noch nicht entdeckt worden war, nutzte den Augenblick, den der Gangster brauchte, um sich zu orientieren, trat ihm die Waffe aus der Hand und setzte ihn dann mit einem gekonnten Handkantenschlag außer Gefecht.

Nur wenige Sekunden danach stürmten die Beamten des SEK gefolgt von Hauptkommissar Dümmler und Peter Stettner auf den Hof. Stefan hob sofort die Hände, um Missverständnisse zu vermeiden, und gab sich als Privatdetektiv zu erkennen. Dann gingen sie ins Haus und suchten nach Chiara, die sie an einen schweren eisernen Ofen gekettet, aber sonst unversehrt vorfanden.

Hauptkommissar Dümmler übernahm sofort eine erste Befragung des Mädchens und telefonierte aufgeregt mit seiner Dienststelle, bis Peter ärgerlich sagte: »Könnte nicht mal jemand die Eltern des Mädchens informieren, dass wir sie wohlbehalten befreien konnten? Außerdem wäre es bestimmt nicht schlecht, wenn Chiara endlich einige bekannte Gesichter zu sehen bekäme.«

Chiara, irritiert von all dem Gewusel um sie herum, blickte etwas ängstlich in die Runde, und erst als Claus Mergentheimer zur Tür hereinkam, hellte sich ihre Miene etwas auf.

»Guten Tag, Herr Mergentheimer, was machen Sie denn hier?«

»Ich und meine Kollegen«, sagte er und zeigte dabei auf Stefan und Peter, »sind, wie du vielleicht weißt, Privatdetektive. Wir haben an deiner Befreiung mitgearbeitet. Deine Eltern sind schon auf dem Weg hierher; ich habe sie angerufen.«

»Danke, das haben Sie prima gemacht«, sagte Dümmler zu den drei Detektiven, und man merkte ihm an, dass er es ehrlich meinte.

Plötzlich sagte Peter: »Claus, was hast du denn mit deiner neuen Lederjacke gemacht?«, und zeigte auf die beiden Löcher im Ärmel. Es war ganz eindeutig ein Durchschuss.

»Scheiße, die ist keine drei Wochen alt!«, fluchte Claus, um dann grinsend hinzuzufügen: »Na ja, Steffi wird's verkraften, schließlich wurde ausnahmsweise mal nicht ich getroffen.«

Gute zwei Wochen später trafen sich alle sonntagabends noch einmal im Haus von Jörg und Kim Li Stuhlbein, um Bilanz zu ziehen. Auch Kommissar Dümmler, der auf diesen Treffpunkt bestanden hatte, um dummen Fragen von irgendwelchen Vorgesetzten von vornherein aus dem Weg zu gehen, und Paolo Partolucci waren dabei. Sein Bruder Luigi war inzwischen nach Italien zurückgereist, und seine Frau Lucia war bei Chiara und Lara zu Hause geblieben. Schließlich war es dem Mädchen nicht zuzumuten, erneut mit seinen schrecklichen Erlebnissen konfrontiert zu werden.

Am meisten wunderten sie sich über den Wiesbadener Hauptkommissar, der ausdrücklich darauf bestanden hatte, dass die Detektive vollzählig an dem Treffen teilnahmen. Er hatte das damit begründet, dass die Taunus-Ermittler ein moralisches Recht dazu hätten zu erfahren, wie alles ausgegangen war.

So saßen sie alle zusammen im großen Wohnzimmer der Stuhlbeins, und Christoph Dümmler ergriff das Wort.

»Ich danke euch allen, dass es uns gemeinsam gelungen ist, die kleine Chiara zu finden und wieder zu ihren Eltern zurückzubringen. Hoffen wir mal, dass sie diese schrecklichen Ereignisse einigermaßen unbeschadet übersteht und das Ganze keine allzu großen seelischen Wunden bei ihr hinterlässt.«

Peter starrte den zweiten Leiter des Dezernats Menschenraub überrascht an, da er nicht gedacht hatte, dass Dümmler so einfühlsam sein könnte. Claus und Stefan ging es ähnlich, sie sahen sich erstaunt an. Peter fand als Erster seine Sprache wieder und sagte zu ihm: »Ich finde auch, dass wir sehr gut zusammengearbeitet haben. Trotzdem habe ich Ihren Kollegen vermisst.«

»Meinen Sie das wirklich ehrlich?«, fragte Christoph Dümmler verwundert, der mit solch einer Aussage nicht gerechnet hatte. Als Peter grinste, sprach er schnell weiter: »Ich weiß durchaus, dass Dieter manchmal sehr schwer zu ertragen ist, er hat es uns auch nicht immer leicht gemacht. Es gibt sogar Kollegen, die sich wegen ihm freiwillig eine neue Dienststelle gesucht haben, aber behaltet das bitte für euch. Heute weiß ich, dass auch er es nicht gerade leicht hatte. Ich kann euch das auch nur deshalb sagen, weil es mittlerweile offiziell ist, dass Dieter zum Ende des Jahres in den Ruhestand geht. Ihr könnt euch doch sicher vorstellen, wie es bei uns beiden im Büro zugeht. Ich habe immer versucht, ihn zu beruhigen, wenn er übers Ziel hinausschoss und jeden Untergebenen wegen Nichtigkeiten zusammenfaltete, wie es ihm gerade in den Sinn kam. Dabei hat er schon das Kofferradio eines Kollegen samt Steckdose aus dem Fenster geworfen.«

»Ach, du meine Güte«, entfuhr es Annika. »Wie kann man nur so cholerisch sein?«

»Für das Kofferradio tut es mir nicht leid«, sagte Christoph schmunzelnd. »Das Uraltding konnte ich noch nie ausstehen. Aber dass er so unausstehlich war, kam vermutlich nur von seinen ständigen Schmerzen, wovon selbst keiner von uns etwas ahnte. Normalerweise wäre er auch bei unserem Einsatz hier dabei gewesen. Aber als wir einige

Tage vorher in unwegsamem Gelände im Einsatz waren, ist Dieter an einer unebenen Stelle ausgerutscht und auf seinen ohnehin schon lädierten Rücken gefallen. Am Morgen unseres Einsatzes hat er sich dann so unglücklich verdreht, dass er seitdem dienstunfähig ist und seit letzter Woche im Krankenhaus liegt. Er kann sich vor Schmerzen kaum bewegen. Es ist also fraglich, wann oder, besser gesagt, ob er jemals wieder diensttauglich sein wird.«

So übel ist der Dümmler gar nicht, dachte Peter. *Wahrscheinlich hat er unter Schlindwein selbst genug zu leiden gehabt, trotzdem entwickelt er noch Verständnis für ihn. Privat kennt man sich ja kaum.*

Als hätte er geahnt, was Peter dachte, fuhr der Kriminalbeamte fort: »Meine Frau hat auch genug mit mir auszuhalten, wenn ich ihr abends erzähle, was den ganzen Tag wieder im Büro los war. Doch sie ist sehr verständnisvoll und hat immer ein offenes Ohr. Da lässt es sich besser aushalten, wenn man darüber sprechen kann.«

»Ja«, sagte Steffi. »Das ist sehr wichtig.«

»Das finde ich auch, und es wäre schön, wenn wir einen guten Umgangston miteinander beibehalten könnten. Schließlich arbeiten wir oft genug zusammen, und ich meine, dass es für beide Seiten besser ist. Mein Kollege ist da leider anderer Meinung, er hat jeden gut gemeinten Rat als Kritik an seiner Person verstanden und alle Ansätze zum besseren gegenseitigen Verständnis im Keim erstickt. Ich finde, dass man daran noch viel ändern kann, und an mir soll es nicht liegen.«

Peter sah Dümmler überrascht an, denn damit hatte er nicht gerechnet. Im Stillen nahm er sich vor, auch das Seine dazu beizutragen, dass der Umgang wieder besser wurde.

»Und was hat das Verhör mit den Entführern ergeben?«, wollte er wissen.

»Viel Rückgrat haben beide nicht gezeigt«, sagte der Wiesbadener Beamte, »sie haben sich schnell in Widersprüche verstrickt und sich schließlich gegenseitig beschuldigt, der Haupttäter zu sein.«

»Genau, der eine war Matteo Cesano, der Bruder von Ivanna Fuhrmann, aber wer war denn der andere?«

»Er heißt Markus Fattori, ein Halbitaliener und Traumtänzer, der davon träumte, ein großer Mafioso zu sein. Dafür hat er sogar seinen gut bezahlten Job in einem großen Hotel in Meran geschmissen. Die nächsten fünfzehn Jahre kann er im Gefängnis weiterträumen.«

»Und die Auftraggeber?«

»Der Santini-Clan, allen voran Claudio Tessalotti und seine Schwäger. Das ganze Rattennest in Italien wurde ausgehoben, die Handlanger hier, die die Erpresserbriefe verschickten und das Lösegeld kassieren sollten, inklusive. Stellen Sie sich vor«, sagte der Beamte erschüttert, »diese Leute waren gerade dabei, auch hier in Deutschland Fuß zu fassen. Schutzgelderpressung und auch Rauschgifthandel. Paolo Partoluccis Chef zahlte schon seit einigen Wochen brav an sie, und kein Mensch wusste es.«

»Gut, dass man auch sie erwischt hat«, sagte Peter und fragte dann: »Was wurde eigentlich aus Matteo Cesanos Bruder?«

»Marcello?«

»Genau, der, den Ihr Kollege in Beugehaft nahm.«

»Er wurde gleich nach der Befreiung des Mädchens aus der Haft entlassen, mehr weiß ich nicht.«

»Ich werd mal nachhaken, sobald ich wieder in die Sporthalle komme«, sagte Kim Li.

»Wissen Sie eigentlich, was aus Luigi Partoluccis politischer Karriere geworden ist? Er hatte sie quasi für die Freiheit seiner Nichte geopfert«, fragte nun Stefan den Kommissar.

»Ich habe mich erkundigt, und was ich gehört habe, hat mir gut gefallen. Als vier Tage vor der Wahl bekannt geworden war, dass die Kandidaten Bernardo Savero und Luigi Partolucci mit unlauteren Mitteln gezwungen worden waren, ihre Kandidatur zurückzuziehen – und Tozzi ja zuvor sogar vom politischen Gegner ermordet worden war –, wurden die Wahlen kurzerhand um zwei Wochen verschoben. Heute war Wahl. Ich habe meinen italienischen Kollegen gebeten, mir das vorläufige Ergebnis auf mein Handy zu senden. Vor einer halben Stunde ist es gekommen. Luigi Partolucci hat mit überwältigender Mehrheit gewonnen.«

Wenige Tage nach diesem Treffen kam Richard Kramer abends ins Detektivbüro gestürmt. Er hatte seinen Streifschuss am Arm schon fast vergessen und seitdem seine gesamte Freizeit am Bett seiner bislang im Koma liegenden Frau verbracht. »Ist Herr Mergentheimer da?«, rief er jetzt.

»Ja«, sagte Peter, der gerade am Schreibtisch saß und sich nur zu gern von der leidigen Buchführung ablenken ließ. Dann rief er nach hinten in die Materialkammer: »Claus, kommst du mal?«

Claus kam herbei, und als er im Büro war, sagte Richard Kramer: »Ich wollte mich noch einmal bei Ihnen bedanken, dass Sie mir das Leben gerettet haben. Ohne Ihr mutiges Eingreifen wäre ich vermutlich das nächste Opfer dieser Gangster geworden.«

Claus und Peter fiel es sofort auf, dass sich die gesamte Haltung des Mannes verändert hatte. Aus dem fast schon lebensmüde wirkenden Mann, den nur noch sein Zorn am Leben gehalten hatte, war das genaue Gegenteil geworden, Tatkraft und Energie drangen ihm quasi aus jeder Pore.

»Gibt es Neuigkeiten von Ihrer Frau?«, fragte Claus dann auch sofort.

»Ja, gestern Abend ist sie aufgewacht, und der Chefarzt meint, in zwei Wochen könne sie aus der Klinik entlassen werden. Dann muss sie noch für eine ganze Weile in die Reha, aber er ist guter Dinge, dass sie wieder ganz die Alte wird. Ich habe mich für ein halbes Jahr freistellen lassen und werde meine Frau in dieser Zeit nicht aus den Augen lassen.«

Während Richard Kramer aus dem Büro stürmte, sahen Peter und Claus sich an und dachten das Gleiche: *Hoffentlich übertreibt er es nicht.*

Kurz darauf rief Kim Li an und fragte: »Interessiert euch noch, was aus Marcello Cesano geworden ist?«

»Aber klar, was denn?«

»Es scheint noch Hoffnung für diese Welt zu geben.«

»Wieso?«

»Weil vielleicht doch noch Vernunft in den Köpfen der Menschen einkehrt und man allen Menschen ihr Glück gönnt, auch wenn es nicht der allgemeingültigen Norm entspricht. Beim Handballverein hat man es weit weniger tragisch gesehen, als von Marcello befürchtet, dass zwei ihrer Spieler ein Verhältnis miteinander haben. Auch der angekündigte Talentscout sah darin kein Problem und hat Marcello einen Profivertrag besorgt. Nächste Woche ziehen er und Lukas ins Schwäbische um.«

»Ist doch prima«, sagte Verena, Stefan und Claus nickten. Peter dachte an Sven und sah zu Annika hinüber, die keine Miene verzog.

Als dann im April der Prozess gegen die beiden Entführer anstand und die Detektive in der Lokalpresse den Fortgang des Ganzen beobachteten, kam eines Abends eine Mail von Burkhard Pfannmöller herein. Er schrieb:

»Hallo Leute,
meine Tochter Karin hatte vor einigen Tagen ein gutes Angebot bekommen, Matteo Cesano zu verteidigen. Ich habe sie mit Rücksicht auf euch gebeten, den Auftrag abzulehnen, obwohl ich eigentlich der Meinung bin, dass jeder ohne Ansehen der Person ein Recht auf eine bestmögliche Verteidigung hat. In dem Fall scheint es mir allerdings, dass ich euch, die ihr so sehr darin involviert wart, Karins Engagement in der Sache nicht zumuten kann.
    Grüße von Burkhard«

»Na, das finde ich aber feinfühlig von ihm«, sagte Stefan, der die Mail geöffnet und vorgelesen hatte, und die anderen stimmten ihm zu.

ENDE